산남의진 의병장 최세윤

청소년 소설 _05

산남의진 의병장 최세윤

글 김일광

펴낸날 2021년 1월 6일 초판1쇄
펴낸이 김남호 | 펴낸곳 현북스
출판등록일 2010년 11월 11일 | 제313-2010-333호
주소 04071 서울시 마포구 성지길 27, 4층
전화 02)3141-7277 | 팩스 02)3141-7278
홈페이지 http://www.hyunbooks.co.kr | 인스타그램 hyunbooks
ISBN 979-11-5741-230-3 43810

편집 이경희·노계순 | 마케팅 송유근 | 영업지원 함지숙

산남의진 의병장

최세윤

글 김일광

현북스

차 례

1. 프롤로그　　　　　　　　　　　　7

2. 아전　　　　　　　　　　　　　18

3. 양민과 양반　　　　　　　　　29

4. 봉기 지원　　　　　　　　　　44

5. 말문이 막히다　　　　　　　　53

6. 안동의진 아장　　　　　　　　63

7. 학림강당 십 년 공부　　　　　82

8. 때를 기다려 온 사람들　　　　92

9. 종창 발병　　　　　　　　　102

10. 모군 담당　　　　　　　　　117

11. 계략에 빠지다　　　　　　　127

12. 정용기를 잃다　　　　　　　140

13. 산남의진 이인자　　　　　　157

14. 삼 대 의병장   178

15. 이어지는 승리   186

16. 종사 동수   202

17. 친일파 처단   211

18. 전략 변화   218

19. 남동대산 장영   226

20. 기계 물밤 전투   243

21. 잠적을 꾀하다   258

22. 두 아들을 잃다   267

23. 별이 되다   275

남겨진 이야기   281

작가의 말   282

일러두기

_ '수비대', '토벌대', '특별 토벌대' 등 일제 강점기 당시 용어를 우리 입장에서 '일
본군', '일본 군경', '일본군 특수 부대'로 바꾸었다. 마찬가지로 '폭도, 체포, 처
형' 등 일제에 의하여 죄인으로 그려진 의병에 대한 용어도 지문에서는 바로 잡
았다. 그러나 진위대, 경군 등 조선과 대한제국이 만든 용어는 그대로 살렸다.

_ 인용한 한시와 포고문 등은 요즘 우리말로 살리면서 좀 더 알기 쉽게 다듬었다.

_ 등장인물과 사건을 대부분 사실대로 썼으나 이야기 흐름 속에서 한두 사건이 앞
뒤로 움직이거나 가공인물이 등장하기도 했음을 밝혀 둔다. 이는 당시 이름 없
이 쓰러져 간 의병들 중 누군가가 그 역할을 했을 것이라는 믿음에 따른 것이다.

_ 최천익의 〈예토자설〉은 김희준이 국역한 글을 다시 다듬어 실었다.

1. 프롤로그

안국사, 잿더미가 되었다.

일본군이 절에 들이닥친 건 정오 무렵이었다. 최세윤이 절을 떠난 지 꼭 열두 시간이 지난 뒤였다. 그들은 소리 없이 절을 포위했다. 그중 대장이란 놈이 조선인 보조를 달고 절 문으로 들어서더니 다짜고짜 법당 용마루를 향해 총을 쏘았다. 요란한 소리를 내며 용마루 기왓장 파편이 사방으로 튀었다. 마침 절 마당에 나와 있던 동수 엄마는 너무 놀라 비명을 지르며 벌러덩 까무러쳤다.

대장 뒤에 서 있던 보조원이 앞으로 나서며 소리쳤다.

"폭도 수괴 최세윤을 내보내라!"

원학 스님이 법당 문을 열고 나왔다. 일본군은 일제히 스님을 향해 총을 겨누었다.

스님은 동수 엄마를 안아 일으키며 소리를 질렀다.

"무슨 일이오?"

보조원이 거들먹거리며 스님 앞으로 다가섰다.

"폭도 수괴 최세윤을 내보내라!"

스님은 별스럽다는 눈빛으로 그를 바라보았다.

"보아하니 조선 사람 같소. 아시다시피 여기는 승려들이 모여 불도를 닦는 가람이오."

스님은 일부러 '조선 사람'이라는 말을 앞에다 꺼냈다. 그 말에 보조원은 발끈했다.

"쓸데없는 소리 말고 숨겨 놓은 최세윤을 이리 데려오라고! 어제부터 당신이 수상했어."

스님은 보조원을 다시 뜯어보았다. 말하는 모습이 어디서 본 듯하였다.

"아하, 누구신가 했더니 어제 인비 장에서 장꾼을 검문하던 순검이십니다그려."

그러자 보조원이 버럭 소리를 내질렀다.

"이거 안 되겠네."

그러고는 곁에 선 일본군 손에서 총을 빼앗아 들더니 스님 이마에다 총구를 들이댔다.

"아이고오, 이러면 안 되지요. 우리 스님께 이러면 안 되지요."

겁에 질려 있던 동수 엄마가 총구를 가로막으며 두 손을 내저었다. 스님은 침착하게 동수 엄마를 법당 안으로 들어가게 했다.

스님은 정색하고는 또박또박 알아듣게 말했다.

"여기는 그런 사람 없소이다. 안에는 마을 사람들과 스님들이 기도 중이니 그리 알고 돌아가시오."

뒤에서 이를 보고 있던 일본군 대장이 고개를 갸웃거리며 보조원을 툭툭 쳤다. 보조원은 재빨리 그에게 고개를 돌리더니 자기 말을 믿어 달라는 듯이 힘주어 말했다.

"폭도들이 여기 있는 게 틀림없습니다. 지난번에도 폭도들을 치료해 주고, 죽은 자들까지 묻어 주었습니다. 폭도를 숨겨 준 게 한두 번이 아닙니다."

대장은 스님을 쏘아보더니 보조원에게 눈짓하고는 뒤로 한 걸음 물러났다. 그러자 보조원이 바락 소리를 질렀다.

"다섯을 셀 때까지 그자를 내놓지 않으면 '일본군 사령부 고시와 토벌 지침'에 따라 이 불량스러운 폭도 소굴에다 불을 지르고, 폭도에게 협조한 너희를 총살하겠다. 한 사람도 살아남지 못할 게다."

스님의 표정이 약간 흔들렸다.

"그러지 마시오. 부처님을 모시는 절에 불이라니. 댁이 말하는 수괴는 여기 없소. 선량한 백성들이 안에 있소."

보조원이 손을 쳐들자 일본군 뒤에 섰던 순사들이 공양간 옆에 쌓인 장작더미에 먼저 불을 놓았다.

보조원이 소리를 높였다.

"하나!"

"이러지 마시오. 당신도 우리와 같은 조선 사람이잖소."

"둘…, 셋!"

문틈으로 이를 지켜보던 한 사람이 겁을 먹고 뛰쳐나와 법당 뒤로 달아났다. 일본군은 틈을 두지 않고 바로 총을 쏘았다. 도망치던 사람은 그대로 고꾸라졌다. 법당 안에서 이를 본 사람들이 비명을 질렀다.

스님은 쓰러진 사람을 안아 일으키며 눈을 부릅떴다.

"아니, 이게 무슨 짓이야!"

"넷…, 다섯!"

보조원 입에서 '다섯'이라는 소리가 떨어지자 순사들이 불 붙은 장작을 법당으로 내던졌다. 불은 순식간에 법당을 휘감았다. 안에 있던 사람들이 불길을 피하여 밖으로 뛰쳐나왔다. 그 순간 일본군의 총구가 사정없이 불을 뿜어냈다.

절 아래에 사는 마을 사람들이 불길을 보고 달려왔다. 그러나 다가가서 불을 끌 수가 없었다. 일본군은 그들 가슴에도 총구를 겨누었다.

"네 이놈들! 하늘이 무섭지 않으냐. 네놈들이 휘두르는 어떤 폭압도 결단코 우리를 굴복시키지 못할 것이다."

스님은 호통을 내지르고 거침없이 불 속으로 걸어 들어갔다.

스님의 서릿발 같은 결기에 눌린 일본군은 슬금슬금 절을 빠져나갔다.

눈치를 보고 있던 마을 사람들이 뒤늦게 물을 끼얹어 보았다. 소용이 없었다. 형체도 알아볼 수 없게 된 잿더미에서 연기만 풀풀 피어올랐다. 몇 명이 죽었는지조차 알 수 없었다.

최세윤은 정신없이 달렸다. 형산강을 건너는데 거기까지 재먼지가 날아오고 탄내가 진동했다. 기계천 바닥에 내려서자 운주산이 눈앞에 나타났다. 운주산 자락에서 연기가 솟고 있었고, 그 연기 너머로 해가 지고 있었다.

"안국사야! 안국사가 불타고 있어."

"어, 엄마!"

동수가 울부짖으며 최세윤을 앞질러 달려 나갔다.

틀림없었다. 부상자들이 치료받고 있고, 이들을 도우려는 마을 사람들과 스님들이 있는 곳이었다. 그리고 동수 엄마가 의진에 참여한 아들을 위하여 기도하고 있는 곳이었다.

"아, 도와주세요. 제발 다들 무사하기를."

최세윤도 정신없이 개울 바닥을 내달렸다. 안국사 가까이에 도착했을 때는 연기도 잦아들고 있었다.

동수가 울부짖었다.

"엄마! 엄마!"

동수가 발을 구르며 잿더미 주변을 빙빙 돌았다.

안국사는 시커먼 잿더미가 되어 있었다.

최세윤은 무릎이 꺾이면서 풀썩 주저앉았다. 온몸에 힘이 빠지며 넋이 나가고 말았다.

"이게 어찌 된 일이오? 스님! 원학 스님!"

어찌 된 일인지 알아야 했다. 간신히 정신 줄을 붙들고 원학 스님을 소리쳐 불렀으나 대답이 없었다.

"여보시오. 말 좀 해 주소. 여기 있던 사람들은 다 어디로 갔소?"

한 노인이 빠른 걸음으로 다가왔다.

"의진 최 대장 맞소?"

"그렇소이다. 도대체 이게 어찌 된 일이오?"

"왜놈들이 이렇게 불을 질렀소."

"왜놈들이라면?"

"경주에서 넘어온 특별 토벌대라고 했소. 점심나절에 몰려
와서 절을 둘러싸고는 최 대장을 내놓으라고 했는데 없다고 하
자 불을 놓은 것 같소. 그러고는 불을 피해 나오는 사람을 마
구 쏘았소. 불에 타 죽고, 총에 맞아 죽고. 잔혹한 놈들, 우리
가 시신이라도 꺼내려고 사정해 보았지만 소용없었소. 그대로
절과 함께 이렇게 되어 버렸소. 죄를 어찌 갚으려고 이런 짓을
하는지……."

노인은 혀를 끌끌 차면서 동수를 가리켰다.

"이 사람들아! 저 아이 좀 붙잡아서 달래게. 저러다 정신 줄
놓치겠네."

한 할머니가 달려가서 동수를 붙안았다. 동수가 몸부림치며
울어 댔다. 할머니도 같이 울었다.

"최 대장, 보소. 그놈들이 또 들이닥칠 테니 몸을 피하는 게
좋겠소."

노인이 주저앉은 최세윤의 팔을 잡아당겨 일으켜 세웠다.

"내 한 몸 살겠다고 피하는 바람에 아까운 목숨이 저렇게 가
고 말았소. 내가 사는 게 다른 사람을 죽이는 길이라는 걸 알
았소. 이제는 많은 목숨을 위하여 내가 죽어야겠소."

최세윤은 다시 주저앉았다. 울음도 나오지 않았다.

할머니가 넋이 나간 동수를 부축하여 최세윤 곁으로 데리고 왔다.

"여기, 아버지 옆에서 마음을 다잡아라. 네 어미는 이 어지러운 땅보다 좋은 세상으로 갔을 게다."

할머니는 동수와 최세윤을 부자 사이로 알았다.

서서히 어둠살이 내려앉기 시작했다. 마을 사람들과 두런두런 이야기를 나누던 노인이 다시 다가와 자분자분 최세윤을 달랬다.

"최 대장, 보소. 우리는 이미 늙어 의진에도 갈 수 없는 처지라오. 우리가 도울 일이 무엇이겠소. 여기 일을 우리가 돕고 싶소. 왜놈 군대가 곧 올 것 같소. 아마 기계 마을 그 순검 놈 집에 머물다가 확인하러 올라올 거요. 여기에 최 대장이 숨었을 거라고 알린 놈도 그 순검 놈이 틀림없소. 최 대장은 나라를 위해서 더 살아야 할 사람이잖소. 그러니 이 늙은이 말을 한 번만 들어주소. 여기 아들 데리고 빨리 피하소. 큰일이네. 저 불빛 보소. 놈들이 오는 것 같소."

마을 사람들이 술렁거렸다.

최세윤이 총을 움켜잡으며 일어섰다.

"저 원수 놈들에게 복수해야겠수다."

다른 노인 하나가 최세윤을 말리고 나섰다.

"최 대장, 복수할 때는 지금이 아니구먼요. 더 큰 싸움을 위해 복수는 다음으로 남기소."

"애야, 빨리 숲으로 숨어라. 목숨 갖고는 고집부리는 게 아니다. 이 할미 말도 한번 들어주라. 네 어미도 그리 생각할 게다."

할머니가 동수 등을 떠밀며 숲으로 데리고 들어갔다.

최세윤도 더 이상 고집부릴 수가 없었다. 더 큰 복수를 위해 살아남아야겠다고 생각했다.

"어디로 갈 거요?"

"충청도를 거쳐 서울로 가야겠소."

엉겁결에 그리 대답하고 돌아서는데 노인의 말이 목덜미에 서늘하게 올라붙었다.

"막판에는 거기서 판가름을 내야지요."

동수가 나뭇등걸에 엎드려 흐느끼고 있었다. 최세윤은 다가가서 바들바들 떨고 있는 그의 등을 도닥여 주었다.

"미안하다. 나 때문에 네 어머니가 돌아가신 거야. 다 내 잘못이다."

"아닙니다. 왜놈들 짓인걸요. 어머니도 그리 생각하시진 않을 겁니다."

어른스러운 동수의 대답은 최세윤을 더욱 작아지게 만들었다.

"미안하다. 이제부터 내가 너를 지키마. 네 어머니처럼 될 수는 없겠지만…, 내 약속하지. 내가 네 아비가 되마."

진심이었다. 동수 어머니 대신 동수를 꼭 지켜 주고 싶었다.

"산두 형님이 그렇게 부탁했어요. 대장님을 아버지로 생각해 달라고요."

최세윤은 하늘을 바라보았다. 밤하늘에는 별이 가득했다. 뒤돌아보지 않으려고 애를 썼다.

"그래, 고맙다. 이제부터 너는 내 아들이다."

"예."

동수도 뒤를 돌아보지 않았다. 하늘을 바라보았다. 같은 하늘, 같은 별을 바라보았다. 하늘은 캄캄했지만 별은 더욱 파랗게 반짝였다.

최세윤은 혼잣말처럼 어렵게 말을 이었다.

"아들아, 우리 의진 희생을 줄이는 길이 무엇이라고 생각하느냐. 그것은 바로 내가 없어지는 것이야. 안개처럼. 어제 물밤 전투는 참패였다. 나를 잡으러 온 특수 부대 짓이었지. 그리고 오늘 또 억울한 희생을……. 다 내 탓이다."

동수는 최세윤을 한 번 쳐다보고는 다른 말을 하지 않았다.

두려웠다. 안개처럼 사라지고 싶었다. 최세윤이라는 이름이 더 이상 나오지 않게 하고 싶었다. 그것이 의진을 살리고 병사들 희생을 줄이는 길이었다.

운주산을 지나 봉좌산 자락에 접어들자 최세윤은 걸음을 멈추었다. 그리고 안국사를 향해 큰절을 올렸다. 하직 인사하듯 억울하게 세상을 떠난 사람들에게 절을 하였다.

흑, 하고 설움이 북받쳐 올라왔다.

'제 탓입니다.'

허리를 펴는데 서쪽 하늘로 별이 흐르고 있었다. 그 아래가 산남의진 본거지였던 보현산이었다. 정용기, 정환직 대장 얼굴이 그려졌다. 미안한 마음뿐이었다. 이어서 전투에서 쓰러져 간 의병들 얼굴이 떠올랐다. 모두 귀한 목숨들이었다. 농사꾼이었고, 장꾼이었고, 포수였으며, 고기잡이였다. 착하고 욕심 없는 백성이었다. 문득, 그들이 참으로 귀하고 귀한 생명이었음을 깨달았다.

'그런데 나는 백성을 업신여겼다. 아전 주제에 양반 자리에 앉은 양 그들 흉내를 내는 데 급급했어. 쥐뿔도 모르면서 백성을 가르치려 들었어.'

2. 아전

최세윤은 뒷짐 진 채 동헌 마당 팽나무 그늘에서 더위를 식히고 있었다.

"백성다운 얼굴이 사라져 버렸어."

이런 말을 중얼거리며 고개를 주억거렸다. 그러다 이내 고개를 거세게 가로저었다.

'백성다운 얼굴, 그 얼마나 무지한 말인가.'

백성 얼굴이 따로 있고, 벼슬아치 얼굴이 따로 있고, 또 양반 얼굴이 따로 있는 게 아니라는 생각이 들었다.

'백성은 돌멩이처럼 살아야 한다는 말인가. 밟으면 밟히는 대로 차면 차이는 대로…….'

자신도 모르는 사이에 백성을 낮추보며 지시하고, 나무라고,

벌하는 게 버릇이 되어 있었다. 아전으로 있는 사이에 자신도 모르게 자신은 백성과 다르다는 생각을 하고 있었다. '습이위상 (習以爲常)'이라는 말이 무섭게 다가왔다. 생각이 습관이 되어 버린 터라 그런 일을 대수롭지 않게 여기며 살고 있었다.

"아전 자리 탓이야."

핑곗거리로 눙쳤지만 자기는 백성들과 다르다는 생각은 선뜻 지워지지 않았다.

여름 해는 굶주린 이리 떼처럼 이글거렸다. 계속되는 불볕더 위로 논밭뿐만 아니라 백성들 가슴까지 타들어 가고 있었다.

최세윤은 퇴청하면서 도음산으로 길을 잡았다. 도음산 언저리에 구름 한 점이 걸려 있었다. 참 부질없다는 생각이 들었다. 비를 품지 않은 구름이 원망스럽기까지 했다. 넘어가는 햇살을 받아서 붉게 타고 있는 구름을 물끄러미 바라보았다. 한참을 그렇게 머물다가 다시 걸음을 옮겼다. 감히 하늘을 원망하기에는 두려움이 컸기에 구름에 화살을 돌린 거였다. 계속되는 불볕과 가뭄은 논밭뿐만 아니라 이웃 사이까지 쩍쩍 갈라놓았다. 서로 제 논에 먼저 물을 대려고 이웃 간에 싸움이 잦아졌다. 서로 다투다가 동헌으로 잡혀 온 사람이 매일 십여 명이 넘었다. 일일이 잘잘못을 따진 뒤, 논바닥처럼 갈라진 상처들을 다독여 보내느라 하루가 어떻게 지나가는지 모를 지경이었다.

오후 나절에 찾아온 재종숙부와 나눈 이야기가 자꾸만 마음에 걸렸다. 급한 불은 껐지만 시원한 해결책을 주지 못했기 때문이었다.

'빨리 벗어던지자.'

백성들 마음에 다가가지도 못하면서 관청 일 본답시고 앉아 있는 게 어색하기만 했다. 빨리 아전이라는 굴레에서 벗어나고 싶었다.

돌아보면 아전 일도 하고 싶었던 건 아니었다. 흥해 부임 사또들은 대부분 일 년 남짓 자리에 앉았다가 떠나갔다. 그들은 지방 형편을 잘 알지 못하였다. 알려고 노력하지도 않았다. 백성들과는 다른 세상을 살았다. 이를 안타깝게 여긴 집안 어른들 권유에 따라 사또 업무를 도와주게 된 것이었다. 처음에는 백성들 편에 서서 고을 형편이나 알려 주자는 생각이었지만 수년이 지나면서 그런 첫 마음은 희미해지고 말았다.

"아무래도 비학산을 뒤져야겠네."

재종숙부가 마을 사람 둘을 데리고 찾아왔다. 그는 마주 앉자마자 다짜고짜 산을 뒤지겠다고 했다.

"무슨 말씀이세요?"

"이토록 오랜 가뭄은 누군가 비학산에 묘를 썼기 때문일세."

최세윤은 같이 온 이들 얼굴부터 살폈다. 모두 잔뜩 찌들어 있었다.

비학산은 흥해 고을 서쪽에 자리하고 있었다. 그 산에서 흘러내리는 물은 신광과 흥해 넓은 들을 적셔 주었다. 학이 날아오르는 형상으로 모두 신성하게 여기는 산이었다. 그런 만큼 예부터 명당자리가 여러 곳에 있다는 이야기가 전해지고 있었다. 아울러 그 명당을 찾아 묘를 쓰면 그 집안은 대대로 번창하지만 심한 가뭄이 든다는 이야기도 함께 전해졌다. 그래서 간혹 욕심에 눈먼 사람들이 다른 사람 형편은 외면한 채 몰래 묘를 쓰는 일이 일어나곤 했다. 가뭄이 오래 계속되면 사람들은 산으로 올라가서 묘를 찾아내 파헤치고 무제등에서 기우제를 지내곤 했는데, 그러고 나서 얼마 지나지 않으면 비가 내렸다고 한다. 그러나 이 과정에서 마을 사람들은 서로 마음이 나뉘고, 서로를 의심하였으며, 마을과 마을 사이에 시비가 벌어지는 일도 생겼다. 그뿐만 아니라 싸움이 깊어져서 원수가 되기도 하였다.

최세윤은 머리가 복잡해졌다. 근거도 없는 이야기 때문에 또 한바탕 소란이 일어날 것 같았다. 어쨌든 이웃 마을 사이에 벌어질 다툼만은 막아야 했다.

"서둘지 마시고 찬찬히 생각해 봅시다."

마음을 가라앉히려고 조금 뜸을 들였다. 그러나 재종숙부는 기다려 주지 않았다.

"이미 산을 뒤지기로 의논이 되었네."

"산을 뒤지기로 해 놓고 저를 찾아온 이유는 뭡니까?"

"혹시나 일어날 일을 생각해서 뒷일을 자네에게 부탁하려고 왔네."

"혹시는 뭐고, 뒷일은 또 뭡니까?"

최세윤은 자세를 고쳐 앉았다. 왠지 웅덩이 속으로 끌려 들어가는 느낌이었다.

"시신이나 유골이 나오면 성난 사람들을 말릴 수가 없네. 그러면 큰 시비가 되겠고, 결국은 관아로 올 걸세. 그때 자네가 좀 나서 주게나."

"제가 무슨 힘이 있다고 그러세요. 일개 아전이라 시시비비를 가리는 위치에 있지 않습니다."

그러자 재종숙부가 마뜩잖은 얼굴을 보였다. 그렇다고 물러설 생각도 없어 보였다. 그는 헛기침을 두어 차례 하고는 마음을 다잡은 듯 다시 이야기를 풀어놓았다.

"이 사람 형방, 자네 처지를 모르는 것은 아니네. 그러나 우리 지역 형편과 대대로 내려오는 풍속을 사또에게 전할 수 있는 사람이 자네 말고 또 누가 있는가. 들에 한번 나가 보시게. 가뭄으로 백성들 신음 소리가 하늘을 찌르네. 이대로 뒀다간 모두 굶어 죽고 말 거야. 어디 그뿐인가. 빈 논바닥에 대고 세금까지 뒤집어씌울 게 아닌가. 나라에 바칠 세금은 젖혀 두고라도 여기저기서 이런저런 구실을 붙여 뜯어 가는 건 또 얼만가. 그걸 피할 장사는 없네. 그게 무서워 야반도주하는 백성이 넘쳐 날 걸세. 그렇게도 못 하는 사람은 차라리 목숨이라도 끊으려 들 거고. 자네는 그걸 보고만 있을 텐가?"

최세윤은 달리 대꾸할 말을 찾지 못했다. 팍팍한 백성들의 삶을 너무나 잘 아는 터라 고개만 주억거릴 수밖에 없었다. 그러잖아도 백성들의 먹을 것조차 해결하지 못하면서 잘잘못이나 따지고 벌을 준다는 게 늘 마음 아팠다.

재종숙부는 말이 없어진 최세윤을 보고 자신의 말이 먹혀들어 간다고 느낀 모양이었다. 그 기회를 놓치지 않으려는 듯 다잡고 나섰다.

"우리는 자네만 믿네. 군수 영감에게 우리 형편과 풍속을 잘 전해 주시게. 잘못하다가는 이곳에서도 민란이 일어날 거네."

재종숙부는 마지막으로 넌지시 엄포를 놓았다.

그렇게 돌려보낼 수는 없었다. 다른 말을 하지 않으면 허락하는 꼴이 되는 셈이었다. 백성들을 비학산으로 올려 보낼 수는 없었다. 굶주린 채 성난 갈기를 세우고 비학산을 헤맬 백성들을 생각하니 그 일만은 막아야겠다는 생각이 들었다. 서로 정을 나누며 살아도 힘든 세상에 다투고 상처를 주는 일은 죽음을 부추기는 것과 같았다. 일어서려는 그들을 다시 주저앉혔다.

"잠깐 앉아 보세요. 자기들만 잘살겠다고 조상의 유골을 몰래 묻는 일도 나쁘지만 이를 파헤치는 것도 잘하는 일은 아닌 것 같습니다."

일어서려던 사람들이 뜨악한 표정으로 다시 앉았다.

"공자께서 이런 말씀을 하셨지요. '백성들이 소송하는 일을 듣는 것은 누구나 하는 것이나 나는 그보다 먼저 백성들로 하여금 소송하는 일이 없도록 하겠다.' 그리고 이것을 가지고 근본을 안다고 이르셨지요."

백성들에게 서로 잘못이 무엇인지를 알게 하여 소송을 미리 막는 게 근본을 알게 함이라는 가르침이었다. 또 그렇게 되려면 백성들에게 도덕과 예를 잘 가르쳐야 한다는 구절까지 꺼내며 그들의 마음을 달랬다.

실컷 이야기했는데도 재종숙부는 심드렁한 표정을 지었다.

마을 사람들에게 형방인 조카가 단단히 약속해 줄 거라며 큰소리를 치고 나섰는데 낭패를 보게 되었다는 얼굴이었다.

"우릴 도울 방법이 없다는 말인가?"

"왜 없겠습니까. 공자께서 '정성이란 하늘의 도이고, 정성을
다하는 것이 사람의 도이다.'라고 하셨지요. 정성이 지극하면 만
물을 움직이고, 하늘과 땅을 감동시킨다고 하지 않으셨습니까."

《중용》에 있는 말까지 끌어들였다.

"알아듣지도 못하는 그런 말이 우리에게 뭔 도움이 된단 말
인가. 우리에게 당장 필요한 건 공자님 어쩌고가 아니라 비야.
논밭을 적셔 줄 물이란 말일세."

재종숙부는 답답했는지 곁에 놓여 있던 부채를 펼치고는 화
락화락 흔들어 댔다.

최세윤은 잠깐 숨을 돌리며 부채질 소리가 잦아지기를 기다
리다가 은근한 소리로 불렀다.

"숙부님."

"내 속이 터졌는지 확인하는가?"

최세윤은 빙긋 웃고는 말을 이었다.

"정성이 지극하면 하늘도 움직인다는 말씀을 생각해 보세
요. 남의 시신을 들춰내서 망신을 주고 가슴에 한을 남기는 것
보다 정성을 한번 모아 보는 건 어떨까요?"

"이 사람아! 말을 빙빙 돌리지 말고 바로 하게. 이 뜨거운 날

에 자네 말 듣다가 숨 막혀 죽을 거 같네."

부아만 돋우는 꼴이 되고 말았다.

최세윤은 얼른 하고 싶던 말을 털어놓았다.

"우리 정성을 한번 모아 봅시다. 하늘이 그것마저 외면하신
다면 그다음에는 마음대로 하십시오. 그때는 저도 여러분 뜻
에 따르겠습니다. 흥해 장마당을 곡강천으로 옮겨서 한번 열어
봅시다."

거기서 말을 끊고는 재종숙부와 함께 온 사람들 반응을 살
폈다. 그들은 서로 얼굴을 마주 보며 한숨부터 내쉬었다. 허기
와 더위로 지친 사람들을 깡마른 개천 바닥으로 데리고 나간
다는 게 쉬운 일은 아니었다. 그늘 하나 없는 자갈 바닥에서
뜨거운 햇살을 고스란히 견뎌야 하는 일이었다. 걱정이 머리를
짓눌렀다. 그러나 그들은 최세윤이 한 제안을 거절할 수가 없
었다. 벼슬아치들 눈치를 보며 그들 말에 길든 백성들이 할 수
있는 일은 그저 순한 짐승처럼 따르는 것뿐이었다. 걱정은 또
있었다. 농민들이야 당장 자신에게 닥친 가뭄이라는 고통이
있으니까 따르겠지만 장꾼들을 설득하는 일은 만만치가 않을
것이었다. 멀쩡한 가게를 두고 불에 구워 낸 것 같은 자갈밭으
로 물건을 가지고 나오려 하지 않을 게 뻔했다.

최세윤도 마음이 편치 않았다. 그러나 권할 방법은 그것밖

에 없었다. 불볕 건천 바닥에다 장마당을 펼치는 까닭은 백성들이 겪는 고통을 하늘에 보여 주고 자비를 청하는 일이었다. 아울러 그에게는 또 다른 속셈도 있었다. 백성들은 수년째 이어지는 가뭄과 흉년으로 고통받고 있는데 관헌들은 그런 백성들이 겪는 아픔에는 관심이 없었다. 자기네들 배나 채우는 데 급급했다. 그래서 장마당을 곡강천으로 끌고 나가서 백성들이 처한 고통스러운 삶을 직접 보이고 싶었다.

분위기가 어색해졌다. 동헌 마당 팽나무 고목에서 매미가 울어 댔다. 최세윤은 창 너머로 멀거니 나무를 올려다보았다. 그소리가 그렇게 시끄럽게 느껴지기는 처음이었다. 얼마나 시간이 지났을까. 재종숙부가 고개를 절레절레 흔들었다. 자신 없다는 얼굴이었다.

"그렇게 어렵지는 않을 겁니다. 군수 영감을 비롯한 관속들에게는 제가 이야기하겠습니다. 또 장꾼들에게도 제가 말을 넣겠습니다. 그러니 여러 마을로 사발통문 내는 일은 숙부님과 여러분이 맡아 주세요."

재종숙부는 다시 부채를 거세게 흔들었다. 최세윤도 얼굴에 흐르는 땀을 훔쳤다. 이야기 나누는 사이에 옷이 흠뻑 젖는 것도 몰랐다.

"올 더위는 유난하네."

재종숙부는 달리 할 말이 없다는 듯 엉뚱한 말로 언짢은 마음을 드러냈다. 같이 온 사람들이 먼저 일어났다. 재종숙부는 그 사람들 보기가 민망한지 천장을 쳐다보며 긴 한숨을 내쉬었다.

"죄송합니다."

최세윤이 허리를 깊이 숙였다. 아전이랍시고 동헌에 앉아 있는 게 몹시 불편했다.

"혹 떼러 왔다가 혹 붙여 가네그려."

재종숙부도 조카에게 짐을 지운 게 미안한 마음이었다. 백성들 형편을 외면하는 나라가, 야속하고 무심한 하늘이, 서로를 미안하게 만들었다.

3. 양민과 양반

그들을 보낸 뒤에도 마음이 가라앉지 않고 어수선했다. 일도 손에 잡히지 않았고 동헌 마당을 걸어 보아도 개운치 않았다. 그래서 일찌감치 퇴청하여 도음산 천곡사로 발걸음을 옮겼다.

저녁 무렵, 산사는 그나마 바람기를 느낄 수 있었다. 목덜미에 감기는 바람이 끈적거리던 땀과 찜찜한 생각들을 날려 주었다.

"농고 처사! 어서 오시오. 기다렸소이다."

석정 주변을 서성거리고 있는데 원학 스님이 환하게 웃으며 다가왔다.

"그게 무슨 말씀이세요. 저를 기다리셨다니요?"

다른 날과 달리 은근하게 다가오는 말투가 예사롭지 않게 느껴졌다.

"일단 안으로 드시지요."

스님은 법당 쪽으로 오른손을 활짝 펼쳤다.

최세윤은 스님을 의아하게 바라보았다. 스님은 대답 대신 그
냥 빙그레 웃기만 했다. 법당 협문 앞에 서자 안에 있던 사람들
이 일어서며 최세윤을 맞았다. 모두 세 사람인 듯했다. 바깥보
다 안이 어두운 탓에 얼굴이나 행색을 자세히 알아볼 수는 없
었다.

최세윤은 멈칫거리며 곁에 선 스님 얼굴을 살폈다.

"누구신지요?"

스님은 여전히 빙그레 웃었다.

"처사님을 만나고 싶어 하는 분들입니다."

"저를요?"

"그렇습니다."

최세윤은 더욱 의아해졌다. 더는 망설일 수 없어 헛기침을
두어 번 하고는 법당 마루에 올랐다. 낯선 사람들이었다. 생각
지도 않았던 사람들 앞에서 잠깐 멈칫거렸다.

스님이 분위기를 이끌었다.

"자, 자. 일단 앉으시지요. 그래야 서로 인사를 나눌 게 아닙
니까."

스님은 최세윤에게 윗자리를 권했다.

최세윤은 손을 내저었다.

"나이로 보아 제 자리가 아닌 것 같습니다."

그러자 어색하게 서 있던 사람이 재빨리 참견하고 나섰다.

"아니올시다. 나리께서 그 자리로 가심이 옳습니다."

그는 최세윤과 눈이 마주치자 짐짓 허리를 굽혔다. 셋 중에서 나이가 제일 지긋해 보였다.

자리를 갖고 옥신각신할 때가 아니라는 생각에 못 이기는 체 그 자리로 가서 앉았다. 마주 섰던 이들도 그제야 자리를 잡았다.

"이분들은 해월을 따르는 도인들입니다."

스님 말끝에 그들은 동시에 허리를 굽히며 최세윤에게 예를 올렸다. 최세윤도 어색한 자세로 마주 절을 했지만 조금은 당황스러웠다.

"그렇다면 동학?"

나이 지긋한 사람은 전라도에서 왔는데 정씨 성을 가졌다고 했다. 나머지 두 사람은 영해에서 왔다고 했다. 그들은 어리둥절해 있는 최세윤을 향하여 오히려 빙긋이 웃었다. 그렇게 놀라는 게 당연하다는 얼굴들이었다.

최세윤도 동학이 내세우는 생각에 관심이 많았다. 관리 신분이기 때문에 드러내 놓고 그들과 교류할 수는 없었지만 그들이 내건 생각에는 마음 가는 부분이 많았다.

동학을 이끌고 있는 해월 최시형은 흥해군 신광에 살면서 포교 활동을 했다. 그는 최제우가 가르친 시천주(侍天主) 사상을 계승하여 이를 사인여천(事人如天) 사상으로 한 단계 발전시켰으며, 봉건적인 신분 차별 철폐를 주장하였다. 특히 최세윤이 마음을 둔 것은 '사람은 평등하여 차별이 없으며 사람이 서로 귀천을 나누는 일은 하늘의 뜻에 어긋남이니 일체 귀천을 없애고, 적자와 서자 구별을 없애고, 다 함께 평등의 정의를 실천한다.'는 가르침이었다.

처음 그 말을 대했을 때는 머리끝이 쭈뼛거릴 만큼 놀랍고 두려웠다. 그러나 그 뜻을 새기면 새길수록 고개가 끄덕여졌다. 줄곧 유교 경전인 사서오경을 읽어 왔던 최세윤은 한 생각, 한 가르침에 몰두하여 생각 너머 또 다른 생각이 존재한다는 사실을 알려고 하지 않았다. 뒤늦게 이를 깨달은 뒤에도 두려운 마음이 그를 막았다.

어색했던 분위기는 흥해에 살았던 해월 이야기가 나오면서 자연스럽게 바뀌었다. 경계했던 마음도 슬그머니 풀어졌다. 이야기가 무르익을 때쯤 저녁밥이 들어왔다. 깡마른 밥이었지만 긴 여름 해 탓인지 모두 맛있게 그릇을 비웠다. 밥상을 물리며 더 이상 미룰 수 없다는 듯 정 도인이 조심스럽게 속마음을 드러냈다.

"제가 여기 온 까닭을 바로 말씀드리겠습니다. 저어, 전라도에서 도는 소문을 아시는지요?"

최세윤은 물을 한 모금 마시고는 정 도인의 말을 바로 받았다.

"알다마다요. 탐관오리들 악행이 어디 전라도뿐이겠습니까?"

정 도인은 최세윤 가까이 다가앉았다.

"나리께서 그렇게 말씀해 주시니 편하게 말씀드리겠습니다. 백성들은 나라를 믿지 못하게 되었습니다. 백성들이 겪는 어려움을 외면하고 있으니까요."

정 도인이 쏟아 낸 이야기는 틀린 게 아니었다. 백성들 마음은 부패한 왕실과 관리에게서 떠나고 있었다.

"특히 농민들이 폭정과 수탈을 가장 무겁고 아프게 당하고 있는 건 아시지요?"

최세윤은 대답하지 않았다. 그냥 고개만 끄덕였다.

"그렇지만 스스로 나설 생각은 하지 못하지요. 그러다가 삼남 지방에 흉년이 이어지면서 굶어 죽은 백성들이 길을 메우는 일이 벌어지고 말았습니다."

그는 울분이 북받쳐 올라오는지 숨을 고르느라 잠깐 말을 끊었다.

정 도인이 들려주는 이야기는 위험하기 짝이 없었다. 그랬
다. 견디다 못한 백성들이 비로소 깨어나기 시작했다. 강원도
정선과 함북 길주에서 일어난 민란은 들불처럼 번져 제주도에
서까지 들고일어났다. 백성들의 간절한 소망을 조정은 제대로
들어주지 못했다. 엎친 데 덮친 격으로 서구 여러 나라도 조선
에 진출하여 서로 이권을 챙기려고 설쳐 댔다. 이웃 일본 어선
이 제주 성산포에 상륙하여 민간인을 살해하고 부녀자를 폭행
하는 일까지 벌어졌다.

흥해를 비롯한 영일 지역 해안도 다르지 않았다. 일본 어부
들이 선단을 이루어 들어와 수산물을 휩쓸어 갔다. 그러나 조
정에서는 이를 해결해 주지 못하였다. 보다 못한 백성들이 일
본인들을 몰아내려고 일어났다.

아슬아슬했지만 최세윤은 이야기를 끊지 않고 끝까지 들어
주었다.

얼굴빛이 어두워지는 최세윤을 보며 마음이 급해지는 모양
인지 정 도인은 말머리를 바꾸었다.

"곡창인 고부에 조병갑이란 자가 군수로 왔답니다."

한숨과 함께 내뱉는 그의 말에 최세윤은 또 고개를 끄덕였
다. 지방 수령 한 사람이 저지른 패악이 백성들을 어떤 지경으

로 내몰 수 있는지를 잘 알기 때문이었다.

1892년, 전봉준이 동학 접주로 있던 고부군에 조병갑이란 자가 군수로 왔다. 조병갑은 농민들에게 과중한 세금을 부과하는 것은 물론 힘없는 백성들의 재물을 갈취하고, 이에 항의하는 사람에게는 무자비한 형벌을 가하였다. 조병갑의 학정이 심해지자 고부 주민들을 대표하여 전봉준의 아버지 전창혁은 면세를 요청하는 탄원서를 제출했다. 이것이 빌미가 되어 전창혁은 관청에 끌려가 심하게 매를 맞았는데 그 장독으로 한 달 동안 시름시름 앓다가 죽고 말았다.

조병갑의 횡포는 여기서 그치지 않았다. 제 아비 비각을 세우기 위해 농민들로부터 천 냥이나 되는 돈을 거둬들이기도 했고, 또 고분고분 말을 듣지 않는 사람들에게는 갖가지 죄를 뒤집어씌워 이만 냥이라는 엄청난 돈을 벌금으로 긁어 갔다. 게다가 대동미를 대신하여 돈을 거두고, '만석보'라는 저수지를 만든다면서 쌀 칠백 석을 착복하였다. 이를 견디다 못한 백성들이 스스로를 지키기 위하여 나선 것이었다.

최세윤은 이야기가 너무 길어지는 것 같아서 궁금했던 질문을 꺼내 놓았다.

"그런데 그 먼 곳에서 여기까지는 어인 일로?"

전라도 고부와 흥해는 너무나 먼 거리였다. 그 먼 곳에서 찾아왔을 때는 무슨 곡절이 있을 게 분명했다.

그는 뭔가를 꺼내기가 퍽 조심스러운 모양이었다. 말을 슬쩍 돌렸다.

"예에…. 나리를 만나 뵐 겸 겸사겸사 왔습니다."

"저를 만나려요? 저를 어떻게 알고 오셨습니까?"

아직 젊은 나이지만 형방으로 일한 시간이 수년이었다. 그런 그가 그들 표정 속에 숨겨진 낌새를 놓칠 리 없었다.

묵묵히 자리만 지키고 있던 스님이 넌지시 대화에 끼어들었다.

"소승이 처사님 자랑을 좀 하고 다녔더니 이렇게 찾아왔군요."

정작 하고 싶은 이야기를 꺼내기 조심스러워하는 그들이 안타까웠던 모양이었다.

"그래요? 제 이야기를 어떻게 하셨기에?"

정 도인은 헛기침을 두어 차례 하고는 침을 한 번 삼켰다.

"이 지역 백성들이 하나같이 믿고 따른다더군요. 매우 정의롭다는 이야기도 들었습니다."

영해에서 왔다는 사람이 멋쩍게 웃으며 허리를 굽혔다. 너무나 조심스러운 나머지 이야기가 주변만 빙빙 맴돌았다.

최세윤은 달리 할 말이 없어서 다음 말을 기다렸다. 이번에도 스님이 나섰다. 이야기 꺼내기를 어려워하는 그들의 마음을 헤아려 주었다.

스님은 정색하며 속내를 드러냈다.

"농고 처사! 이분들이 농고에게 기대고자 합니다. 어깨를 좀 내주시지요."

'기대고자 한다'는 말이 뭔가 심상찮은 울림을 주었다. 최세윤은 스님이 말하고자 하는 의도를 파악하려고 표정을 살폈다.

스님은 더 이상 망설이지 않았다.

"이분들은 지금 보은에서 스스로 일어설 준비를 하고 있답니다. 탄원서를 조정에다 제출하고 그래도 들어주지 않으면 목숨을 걸 작정입니다."

"그 목숨을 건다는 일과 제가 무슨……."

최세윤은 이야기가 좀 이상하다는 생각이 들었다.

'한낱 시골 아전에게 뭘 기대고 자시고 할 게 있단 말인가?'

망설이며 잔뜩 뜸을 들이던 정 도인이 하고 싶었던 말을 한꺼번에 쏟아 놓았다.

"다시 말씀드리지만 백성을 구해야 할 때가 되었다고 봅니다. 백성들이 죽어 가는데 이를 구할 사람은 보이지 않습니다. 나라가 흔들리는데 기둥을 붙들어 줄 사람은 어디에도 없습니다. 그렇다면 어떻게 해야 합니까. 백성들이 스스로 나서야겠지요. 백성들이 스스로 깨치고 있습니다. 이쪽 고을도 다르지 않습니다. 나리께서 그 중심이 되어 주시기를 원합니다."

최세윤은 도무지 이해할 수가 없었다. 그들이 찾아온 목적을 듣는 순간 슬그머니 화가 났다.

"저더러 동학 도인이 되어 달란 말입니까?"

"아닙니다. 오랫동안 경서를 공부하신 분이 우리 무지렁이들과 뜻을 같이하기는 어려우실 겁니다. 그러나 백성 편에 서서 그 경서에 담긴 뜻을 펼쳐 주십사 하는 것입니다."

"그건 또 무슨 말씀인지요?"

최세윤이 고개를 갸웃거리자 스님이 목소리를 낮추며 흥분된 분위기를 가라앉혔다.

"우리 지역에는 함께할 사람은 많은데 이들을 이끌어 줄 사람이 없답니다. 그 일을 농고 처사께서 맡아 주셨으면 합니다."

"제게 동학당 지역 수괴를?"

최세윤은 울컥 화가 치밀었다. 그러나 처음 만난 사람들에게 화를 낼 수는 없었다.

"오해하신 것 같은데 저희는……."

그들은 불쾌해하는 최세윤을 보고는 이야기를 슬그머니 끊었다. 최세윤도 더 이상 대꾸하지 않았다. 어색한 분위기가 한참 동안 계속되었다. 더 이상 이야기를 듣지 않는 게 좋겠다는 생각이 들었다. 동학이 내건 생각에는 동의하지만 그들과 한 패거리가 되고 싶은 마음은 없었다.

최세윤은 법당을 나섰다.

"살펴 가십시오."

인사하는 그들을 뒤로하고 절 문을 나섰다. 어둠이 앞을 막았다. 칠흑처럼 어두웠다. 산길은 아예 보이지 않았다.

적막강산! 난데없이 그 말이 가슴을 시리게 파고들었다. 한 치 앞이 보이지 않는 백성들 처지를 보여 주는 말이었다.

'백성 편에 서서 경서에 담긴 뜻을 펼쳐 주십시오.'

그 말이 그제야 가슴을 '둥둥둥' 아프게 쳐 댔다. 천천히 길을 더듬어 가는데 문득 그들이 꾀하는 진정한 목표가 궁금해졌다. 동학에 입도를 권유할 뜻이었다면 동학이 주려는 가르침을 늘어놓았을 텐데 그들은 동학보다 나라와 백성 걱정만 하였다. 성급하게 부탁을 거절한 게 미안하고 부끄러워졌다. 그렇다고 다시 돌아갈 수도 없었다.

'그래, 나는 동학 도인도 아니고 글을 읽는 선비지. 그럼, 그들과는 다르지.'

그들과 다름을 찾으려고 애를 썼다.

"같이 가시지요."

뒤에서 원학 스님이 등을 밝히고 따라왔다.

"아닙니다. 들어가세요. 혼자 갈 수 있습니다."

"처사님! 어두운 길일수록 함께 가야지요. 그래야 길을 잃지 않고, 두려움도 덜어 낼 수 있답니다."

그 말에 왠지 자신이 초라해지는 느낌이 들었다.

"스님! 그들이 저를 찾아온 게 민란을 꾀하자는 건 아니겠지요?"

스님은 밤하늘을 한 번 올려다본 뒤에 천천히 말을 이었다.

"오늘은 여기까지만 생각하시지요. 오늘 못 닿은 인연이 내일은 또 다른 얼굴로 다가오겠지요."

원학 스님은 이야기를 끊었다. 그러고는 묵묵히 최세윤 걸음 앞에 등을 밝히며 함께 걸었다.

"스님께서는 어떻게 돌아가시려고요?"

"제 삶이 밤길인걸요."

최세윤을 바래다준 스님은 허허허, 낮게 웃고는 캄캄한 산길에 올랐다. 작은 불빛 하나가 언뜻언뜻 흔들리며 어둠을 열어 가고 있었다. 최세윤은 문간에 서서 그 불빛을 한참 동안 바라보았다. 함께 걷는다는 게 참으로 든든하다는 것을 마음 깊이 느꼈다.

이튿날 오후 나절에 재종숙부가 동헌으로 왔다. 마을 대표들까지 함께였다.

"모든 마을이 자네 제안에 따르기로 했네."

재종숙부는 땀을 뻘뻘 흘리고 있었다. 최세윤은 부채를 먼저 건네고는 함께 온 사람들에게 자리를 권했다.

"이렇게 빨리 마음을 모으기는 처음이네. 그러니 장마당 옮기는 일도 오래 끌지 말고 오는 장날에 바로 하세."

재종숙부는 몹시 서둘렀다. 함께 달려온 마을 대표들 마음도 같았다. 최세윤도 미루고 자시고 할 이유가 없었다.

"그럽시다. 이렇게 마음을 모아 주셔서 고맙습니다. 군수 영감께 말씀드리고 준비하도록 하겠습니다."

최세윤은 장날에 앞서 곡강천에 나갔다. 사람들이 드나들 수 있는 길을 내고 노점을 펼 수 있도록 바닥을 다듬었다. 가만히 서 있어도 땀이 비 오듯 쏟아졌다. 뙤약볕에서 무거운 돌을 이리저리 옮기는 일은 불을 안고 뜨거움을 참아 내느라 용쓰는 일이었다. 그래도 묵묵히 일을 도와주는 농민들이 고마웠다.

최세윤은 틈틈이 하늘을 올려다보며 중얼거렸다.

"비가 와야 할 텐데……."

간절한 백성들 마음이 하늘을 움직였으면 좋겠다고 생각했다. 또 그렇게 빌었다.

드디어 장날, 마을마다 백성들이 간절한 마음을 안고 모여들었다. 선뜻 도와주지 않을 거라고 걱정했던 장꾼들도 자기 일처럼 나서 주었다. 가뭄으로 흉년이 되면 장사도 되지 않는다는 사실을 누구보다 잘 알고 있기 때문이었다. 그러나 가장 먼저 나와서 백성들을 격려하고 까맣게 타들어 간 마음을 다독여 주어야 할 군수와 관속들은 코빼기도 보이지 않았다. 그들에게 가뭄은 먼 나라 이야기였다.

허옇게 드러난 냇바닥 자갈은 볕에 달 대로 달아 있었다. 궁둥이를 붙이고 앉을 수가 없었다. 쏟아지는 햇볕을 가릴 그늘막은 물론 없었다. 한낮이 가까워지자 걱정했던 대로 사고가 터지기 시작했다. 더위를 견디지 못하고 쓰러지는 사람이 십여 명에 이르렀다. 허기진 사람들이 불볕 아래서 버틴다는 게 오히려 이상했다. 다리 밑으로 환자들을 옮기고 돌보았지만 용천 마을 노인 하나가 끝내 숨을 거두었다.

장례를 치르는 내내 최세윤은 죄책감에 견딜 수가 없었다.

"꼼꼼하게 헤아리지 못한 내 탓이야. 내 어리석음이 어르신 목숨을 빼앗은 것이야."

고맙게도 원학 스님이 그와 함께 사흘간 꼬박 상갓집을 지켜 주었다. 자식도 없는 가난한 노인의 죽음은 참으로 외롭고 서글펐다.

최세윤은 장사 지낸 다음 날 바로 형방 자리를 버렸다. 백성들 삶을 외면하는 군수와 함께 동헌에 더 머물 자신이 없었다. 바로 들로 나가 농민들과 함께 물길을 찾아 개울 바닥을 뒤졌다. 땅속 깊이 있는 지하수를 찾아서 조금씩, 조금씩 논바닥을 적셔 나갔다. 그야말로 땀방울을 모아서 논밭에 물을 대는 꼴이었다. 농민들은 어려운 형편을 알아주고, 함께 땀 흘리며 고통을 덜어 주려고 애쓰는 최세윤 곁으로 모여들기 시작했다.

4. 봉기 지원

1893년 2월, 바람이 유난스럽게 부는 밤이었다. 장상홍과 정래의가 찾아왔다. 그들 뒤에는 천곡사에서 만났던, 영해에서 온 동학 도인 중 한 사람이 서 있었다.

"아니, 자네들이 이분을 어떻게 아는가?"

"원학 스님이 소개해 주셨답니다."

장상홍이 머리를 긁적였다.

동학 도인은 그제야 최치완이라고 자신의 이름을 밝혔다. 촌수를 헤아릴 수는 없지만 최세윤과 같은 흥해 최씨라고도 했다. 두 번째 보는 얼굴이고, 같은 본향이라는 말을 듣고 나니 한층 가깝게 느껴졌다. 한참 동안 문밖을 경계하던 그는 품에서 서신 하나를 꺼내 놓았다.

"이게 뭐요?"

"한번 보시지요. 보신 뒤에……."

장상홍과 정래의의 눈길이 최세윤에게 모아졌다. 최세윤은 최치완이 꺼내 놓은 서신을 펼쳤다. '충군 애국하는 마음으로 의롭게 일어서라'는 해월이 쓴 통문이었다. "지금 왜적과 양적이 난동을 부리니 서울은 오랑캐의 소굴이 되었다."로 시작되는 통문은 '척왜양창의(斥倭洋倡義)' 즉, 일본과 서양 세력을 배척하고 동학 교조 최제우에게 씌운 억울한 죄명을 벗기기 위해 일어나라는 내용이었다.

글을 다 읽고 고개를 들자 기다렸다는 듯이 최치완이 머리를 조아렸다.

"이 지역에서 움직이려는 사람들을 이끌어 주십시오."

이번에는 이야기를 빙빙 돌리지 않았다. 아예 단단히 벼르고 온 게 확실했다.

"움직이는 사람은 어떤 이들이며, 이끄는 것은 또 무엇입니까?"

최치완이 상세하게 설명했다.

"우리 동학 도인과 수탈에 시달리는 농민들입니다. 사백이 넘는 수를 보은까지 데리고 갈 사람이 없습니다. 보는 눈도 곱지가 않고……."

관헌들 눈도 눈이지만 사백 명이 먼 길을 가는 일이 만만치 않았다. 최치완은 다시 한번 머리를 조아렸다. 그들은 최세윤이 도와주기를 간절히 원했다. 그러나 최세윤은 허락할 수가 없었다. 자신은 동학 도인이 아닐 뿐만 아니라 보은까지는 너무나 먼 길이었다. 더구나 선비 체면에 그들을 좇아 함께 어울린다는 게 선뜻 내키지 않았다. 그렇다고 찾아온 사람들을 차갑게 외면할 수도 없었다.

대답이 늦어지자 장상홍이 조심스럽게 거들었다.

"이웃들도 여럿이 되는 모양이라오."

장상홍, 정래의도 동학 도인은 아니었다. 그러나 이들도 따라나설 생각을 하고 있었다. 밤은 점점 깊어 갔다. 찬 바람이 이따금 흙먼지를 몰고 와서 창호지 문에다 뿌려 댔다. 그러나 최세윤에게는 그 소리가 들리지 않았다.

침묵이 불편했던 정래의가 헛기침을 했다.

"그 바람 참, 밤새 이어질 모양이네."

최세윤은 스님이 원망스러웠다.

"왜, 제게 이 일을 맡기려 하십니까?"

"글도 아시고, 병법을 읽은 처사님이 나서 줘야지요. 주변 고을을 다 따져 보아도 처사님만 한 이는 없네요. 안타까운 목숨이 상하는 일이 없도록 나서 주세요."

원학 스님은 최세윤이 가진 결 고운 마음을 잡고 흔들었다.

목숨 상하는 일이 없어야 한다는, 스님이 했던 바로 그 말이 머릿속에서 빙빙 돌았다.

최치완이 무릎을 꿇더니 두 손을 최세윤 앞에 가지런히 모았다.

"나리! 도와주십시오."

소나무 껍질처럼 거친 손이 최세윤을 더욱 아프게 했다.

'아, 이를 어쩐다!'

최세윤은 신음하듯 길게 한숨을 내뱉었다.

스님은 기회를 놓치지 않았다. 흔들리는 마음을 읽고는 넌지시 밀어붙였다.

"처사님!"

그러나 최세윤은 선뜻 답을 내지 않았다. 생각할 시간이 더 필요했다.

"도울 방법을 찾아보겠습니다."

주저하는 마음을 눈치챈 원학 스님이 그쯤에서 이야기를 마무리 지었다.

"고맙습니다. 오늘은 밤이 많이 늦었으니 그만 일어섭시다. 내일 천곡사에서 다시 만나는 게 좋겠습니다."

이튿날 밤, 최세윤은 찬 바람을 뚫고 천곡사로 올라갔다.

"어떻게 좀······."

최치완 얼굴에는 초조함이 그대로 드러나 있었다.

최세윤은 어렵게 말을 꺼냈다.

"아무래도 함께하기는 어려울 것 같습니다······."

말을 잠깐 끊고는 최치완의 거친 손을 잡았다. 수많은 고통을 헤쳐 온 손이었다.

최치완은 얼굴이 하얗게 변했다.

"어렵다면······."

최세윤은 품에서 두루마리를 꺼내어 바닥에 펼쳤다. 지도와 인원, 지킬 일들이 빼곡하게 적혀 있었다.

"내가 모든 분이 잘 다녀오실 수 있도록 계획을 잡아 보았습니다. 자, 이걸 한번 보시지요. 이대로 하시면 상하시는 분 없이 다녀오실 수 있을 겁니다."

"이걸 언제 만드셨소?"

원학 스님이 두루마리를 조심스럽게 짚어 보았다. 최세윤은 종이를 집어서 아예 벽에다 걸었다.

"먼저 이동하기 좋도록 여러 무리를 만들어야겠소."

최세윤은 계획표를 짚어 가며 이야기를 이어 나갔다.

먼저 전체 인원을 아홉 명씩 묶어서 무리를 짓게 하였다. 가장 작은 무리 다섯을 묶어서 중간 무리로 하고, 중간 무리 다섯을 다시 묶어서 큰 무리를 만들었다. 무리와 무리 사이에 발 빠른 사람을 정하여 서로 연락할 수 있도록 하였다. 지휘부에는 발이 빠른 열 사람을 배치하여 무리 간 연락을 원활하게 하도록 했다. 이동하면서 지켜야 할 규칙도 단단히 일렀다.

"병법에 백 번 싸워 백 번 이기는 것이 최선책이 아니라, 싸우지 않고도 상대를 굴복시키는 것이야말로 최선책이라 했소. 어차피 싸움이 불러올 피해는 양측이 다 엄청날 겁니다. 싸우지 않고 이쪽 주장을 이룰 수 있는 길이 있다면 얼마나 좋을까요. 가서서 그 길을 찾아보시오. 인명 손실 없이 모두가 무사히 집으로 돌아오기를 바랍니다. 제 말은 이동 중일 때는 물론이지만 그곳에 가서도 승리에 몰두하지 말라는 것이오."

"명심하겠습니다."

"명심하겠다고 하시니 한마디 덧붙이겠소. 왜 아홉 사람씩 무리를 모았는지 생각해 보시오. 병법에서 구지(九地), 구천(九天)은 땅속 가장 깊은 곳, 하늘 위 가장 높은 곳을 뜻합니다. 수비할 때는 땅속 깊은 곳에 숨는 것처럼 그림자조차 찾을 수 없도록 하고, 공격할 때는 드높은 하늘 위에서 내리치듯이 하라는 것이오. 여러분이 오가는 길은 공격 태세가 아니라 수비 형태처럼 하라는 뜻이오. 어떤 흔적도, 어떤 낌새도 남기지 말고 이동하란 말이오. 길은 내가 일러 준 대로 밟아 가는 게 가장 좋을 거요."

최세윤이 일러 주는 계획은 그림을 그리듯 쉽고 세밀했다. 마치 그 지역에 직접 가서 은밀하게 길을 일러 주는 것만 같았다. 모여 앉은 사람들이 탄복할 만큼 병법과 지리에 막힘이 없었다.

산길을 내려오는 최세윤의 걸음이 가볍지 않았다. 마음도 개운하지 않았다.

'민란이야.'

아전에서 물러났다지만 어쨌든 민란을 돕고 있는 셈이었다. 문득 공자님 말씀이 떠올랐다. 나라는 백성을 부유하게 해야 하며, 그다음으로는 가르쳐야 한다고 했다. 그러나 벼슬아치들 그 누구도 백성이 먹고사는 일에는 관심을 두지 않았다. 더구나 가르침은 아예 외면했다. 그들은 백성을 착취 대상으로만 생각했다. 그래서 백성은 견디다 못해 스스로 살길을 찾아 나서고 있었다.

'그렇다면 나는 무엇인가?'

글 읽은 선비랍시고 살았으나 벼슬아치들의 부정과 부패에 협조했던 자신이 부끄러웠다. 양반 흉내나 내며 살아온 꼴이었다. 밤하늘을 올려다보았다. 부끄럽고, 부끄러웠다.

흥해 고을 도인들이 보은에 도착한 것은 1893년 3월 11일이었다. 전국에서 모여든 사람들이 산과 들을 덮었다. 그들이 보여 주는 기세는 하늘을 찌를 듯했다. 이에 놀란 조정은 어윤중을 양호 순무사로 내세워 설득과 회유를 지시하였다.

어윤중이 보은에 도착한 날은 4월 1일이었다. 그는 최시형, 손병희를 만나 해산을 종용하는 고종의 뜻을 전했다. 최시형과 손병희 등 북접 지도자들은 이를 수락하고는 먼저 보은 현장을 빠져나갔다. 지도부가 사라지자 교도들도 하나둘씩 자리를 떴고, 강경 노선을 주장하던 남접 지도자들은 혼란에 빠지고 말았다.

최치완이 보낸 사람이 먼 길을 달려 최세윤을 찾아왔다. 지도부처럼 흥해 고을 도인들도 반응이 둘로 갈라지고 말았다. 해산 결정에 따라 흥해로 돌아가자는 무리가 있는가 하면 찬바람을 뚫고 먼 길을 왔는데 아무것도 이룬 것 없이 돌아갈 수 없다는 무리로 나뉘어 입씨름을 벌였다. 남접과 힘을 합치기 위하여 고부로 떠나는 농민들도 생겨났다. 난처한 지경에 빠진 최치완이 사람을 보내 최세윤에게 의견을 물었다.

"상한 사람은 없는가?"

함께 간 이웃들 얼굴을 떠올려 보았다. 가난에 지친 모습들이 아프게 다가왔다. 집을 떠난 지 두 달이 넘어가면서 남은 식구들이 겪는 어려움도 말이 아니었다. 곧 농사일에 나서야 할 시기였다. 최세윤은 오래 고민하지 않았다. 심부름 온 사람에게 돌아오는 게 좋겠다는 서신을 적어 보냈다.

홍해는 물론 영덕과 경주에서 참여한 농민들 몇몇은 상했지만 대부분은 고향으로 무사히 돌아올 수 있었다. 그런데 보은 집회에 홍해 백성 여럿이 참여했던 것을 알게 된 홍해 군수는 최세윤을 그 수괴로 잡아갔다. 그러나 최세윤이 그 기간에 집에 있었다는 게 밝혀지면서 곧 풀려날 수 있었다. 하지만 관헌들은 의심을 완전히 풀지 않았고, 동학 도인과 같은 비도 패거리로 여겨 감시하기 시작하였다. 그런가 하면 동학 도인과 농민들 사이에서는 최세윤이 그들과 뜻을 같이하는 사람이란 소문이 널리 퍼지고 있었다.

5. 말문이 막히다

1895년 가을, 한가위 명절이 지났지만 추수철이 늦어져 햇곡식과 과일도 나오지 않았다. 가난한 농민들에게는 참으로 힘든 시기였다.

"아침부터 어딜 가시려고요?"

최세윤이 두루마기를 걸치자 아내가 이상하다는 얼굴로 물었다. 보은 집회 뒤로는 거의 바깥출입을 하지 않았고, 찾아오는 사람조차 막으며 지냈다. 그러나 소문까지 막은 것은 아니었다. 소문이 너무나 희한하여 원학 스님을 찾아가서 확인할 생각이었다. 원학 스님은 세상을 두루 다니며 사람들을 만나기 때문에 소식도 많이 알고 있으리라는 생각에서였다.

"시주도 제대로 하지 않으면서 명절 끝에 빈손으로 가시려고요?"

아내가 넌지시 없는 형편을 드러냈다.

"부처님은 품이 넓으셔서 없고 있고를 가리지 않으신대요."

아내는 피식 웃었다.

"부처님이 아니라 스님 말예요."

"원학 스님도 그런 걸 따지실 분은 아니지요."

최세윤은 허허롭게 웃으며 집을 나섰다. 아내 앞에서는 태평스러운 모습을 보였지만 머리는 복잡하기만 했다.

'중전께서 왜놈들 손에······.'

자꾸만 발걸음이 빨라졌다. 흉흉한 소문을 확인하고 싶었다. 절까지는 한나절이 좋게 걸리는 거리였다. 산자락에서 숨을 돌리며 천곡사가 있는 산허리를 올려다보았다. 가을 하늘은 드높고 맑았다. 참으로 무심하다는 생각이 들었다. 숨을 크게 들이쉬고는 다시 걸음을 옮겼다.

"중전께서 왜놈들에게 시해되었다는 소문이 사실입니까?"

인사도 챙기기 전에 쏟아 놓는 물음에 원학 스님은 선뜻 대답하지 않았다.

"그게 궁금해서 이렇게 헐레벌떡 달려오신 겁니까?"

"그렇습니다. 그게 이 밝은 하늘 아래 가당키나 한 일입니까?"

최세윤은 따지듯 다시 물었다. 스님은 말없이 찻잔을 채웠다.

"스님은 닿지 않는 곳이 없고, 듣지 못하는 말이 없다고 하셨지요?"

한참 동안 추녀 끝에 걸린 하늘을 바라보던 스님이 엉뚱한 말을 불쑥 내뱉었다.

"처사님 주인은 누굽니까?"

최세윤은 퍽 당황스러웠다. 급한 마음에 달려온 자신에게 할 말은 아니라는 생각이 들었다.

"무슨 말씀을 하시고 싶은 겁니까?"

"이 나라의 주인은 또 누굽니까?"

그 물음에는 아예 대꾸하지 않았다. 그러자 원학 스님은 눈길을 옮겨 최세윤을 똑바로 쏘아보았다. 눈은 무섭게 이글거렸다.

"나라가 임금 소유입니까? 백성이 언제부터 임금 것이 되었습니까?"

최세윤도 스님을 쏘아보았다. 눈빛이 서로 부딪쳤다.

"왜 자꾸 이야기를 엉뚱하게 끌고 가십니까?"

"임금은 백성 가운데서 세운 이름일 뿐입니다. 그러니까 백성은 임금이 기른 바가 아니다 이 말이지요. 백성이 이 나라 근본임은 두말할 나위가 없지요. 그것은 처사님도 글에서 읽으셨지요? 어쩌다가 우리는 그 근본을 잊고 임금이 백성 보기를 노예같이 하고, 백성이 임금 보기를 호랑이같이 무서워하며 살았습니다. 그것을 압제라고 하지요. … 여기 이것을 모른다고 하지는 않으시겠지요."

스님은 서책들 사이에서 종이쪽 하나를 꺼내어 최세윤 앞에 펼쳐 놓았다. 동학 농민군 포고문이었다.

… 나라는 백성을 근본으로 한다. 근본이 바뀌면 나라가 약해지는 것은 뻔한 일이다. 그런데도 벼슬아치들은 보국안민 계책은 염두에 두지 않고 고향 집을 화려하게 지어 제 살길에만 골몰하면서 녹위만을 도둑질하니 어찌 옳은 일이라 하겠는가? 우리는 임금이 맡긴 토지를 갈아 먹고 임금이 주는 옷을 입으며 초야를 떠도는 백성이지만 나라가 망해 가는 꼴을 그냥 두고 볼 수 없다. 그래서 온 나라 백성이 마음을 함께하고 억조창생이 의논하여 지금 의로운 깃발을 들어 보국안민을 위해 죽기를 맹세하노라. …

두어 차례 숨을 가다듬은 스님은 다시 말을 이었다.

"나라를 사랑하는 마음으로 일어난 백성들 충정에 임금은 어떻게 대답했나요. 청과 왜군을 불러들여서 그 백성을 살상하였습니다. 백성을 업신여긴 왕이 결국은 왕비를 친 꼴이 되었지요."

"중전이 그렇게 되신 게 맞는군요. 왜놈들이 그 짓을 한 게 맞는다는 말씀이군요?"

"자업자득인 셈이지요. 이제 백성들 스스로 자신을 지켜야 할 세상이 온 것입니다."

"이 일을 자업자득으로 보시면 안 되지요. 중전이 시해되었습니다. 스님께서는 이 사태를 불러온 책임을 임금에게 돌리고 싶으시군요."

"처사님! 책임을 돌리자는 게 아닙니다. 근본 원인을 찾자는 겁니다. 백성들을 하찮게 여기던 임금이 스스로 불러온 거라는 말입니다."

"자꾸 백성, 백성, 하시는데 무슨 말씀을 하고 싶으신 겁니까?"

두 사람의 이야기는 겉돌고 있었다. 서 있는 곳이 다르고, 바라보는 곳이 달랐다. 스님이 벌컥 목소리를 높였다.

"정말 모르신단 말씀입니까. 중전이 저렇게 되고, 나라가 이런 꼴이 된 원인을 이 포고문이 알려 주고 있지 않습니까. 백성을 근본으로 대접하지 않은 탓이라는 것입니다. 임금이 임금답지 못하고 벼슬아치, 사대부들이 그 역할을 잃어버렸기 때문에 나라가 사라진 것입니다. 병도 뿌리를 알아야 처방이 제대로 나올 수 있습니다."

스님이 내지르는 말에 대꾸할 말을 찾을 수가 없었다. 머리를 얻어맞은 것처럼 멍해졌다.

"나라가 이런 꼴이 된 원인을 따진들 어쩌겠습니까. 왜놈에게 당했다는 게 한없이 분하고 억울하여 온몸이 떨리고 목이 조여 오는데 어쩌면 좋습니까?"

치욕스러웠다. 최세윤은 울분이 목에 걸려 말을 잇지 못하였다. 목젖에 걸려 있던 억울하고 분한 감정이 그만 폭발하였다. 이마로 차탁을 거세게 내리쳤다. 눈앞에 어른대던 모든 게 하얗게 사라져 버렸다.

"맞아요! 스님 말씀이 맞아요! 이건 나라가 아니지요!"

미친 사람처럼 소리를 지르며 바닥에 나뒹굴었다.

스님이 그를 붙들어 일으켰다.

"처사님! 정신 차리시오."

그러나 최세윤은 다시 이마를 바닥에 찧으며 멈추지 않았다. 모든 일이 분하고 원통했다. 더구나 그 원통함을 풀 방법도 없었다. 글을 읽었다고 주절주절 떠들었던 게 다 허깨비 놀음이었다. 자신이 너무나 초라하게 느껴졌다.

'어떡하면 좋은가? 이 일을 어떡하면 좋은가?'

막막할 뿐이었다. 사방으로 팔을 벌려 휘저어 보아도 손에 잡히는 건 아무것도 없었다. 소리치려고 하여도 목에서 바람

소리만 새어 나왔다.

스님에게 업혀 집으로 돌아온 최세윤은 말문을 닫고 자리에 누웠다. 최세윤이 몸져누웠다는 소문이 이웃으로 퍼져 나갔다. 가장 먼저 달려온 사람이 장상홍과 정래의였다. 동학 도인과 이웃 농민들도 찾아왔다. 멀리서 또 가까운 마을에서 백성들이 찾아왔다.

"형님이 말문을 닫으면 어떡합니까?"

장상홍이 방바닥을 내리치며 울부짖었다. 그는 보은에 다녀온 뒤로 영 마음을 잡지 못하고 있었다. 일손이 뜨기는 정래의도 마찬가지였다.

"왜놈 천지가 되었다는데 음식이 목구멍으로 넘어간다는 게 믿기지 않습니다."

최세윤의 얼굴은 퉁퉁 부어올라 있었다. 몸은 불덩이처럼 펄펄 끓었다. 참담했다.

"형님, 말씀 좀 해 보소. 형님 계획에 따라 보은까지 달려갔던 백성들이 형님 입을 쳐다보고 있는데 말문을 닫고 있으면 어찌합니까?"

장상홍과 정래의를 물끄러미 바라보던 최세윤은 눈물을 주르르 흘렸다.

장상홍이 따지듯 소리를 질렀다.

"형님! 이렇게 누워만 있을 겁니까?"

그러자 보다 못한 부인 윤 씨가 나섰다.

"여러분 뜻대로 하세요. 말을 하지는 못하지만 여러분 뜻과 다르지 않을 겁니다."

"알겠습니다. 우리가 뭘 망설이겠습니까."

정래의는 이튿날 날이 밝기 무섭게 최세윤이 머물던 학림강당 앞 늙은 팽나무 가지에 북을 매달았다. 그는 눈물을 펑펑 쏟으며 북을 쳤다.

"일어나시오! 지체가 높고 낮음을 떠나 조선 백성은 모두 일어나시오. 왜놈들이 우리 국모를 시해하였소. 목숨이 있는 자, 모이시오."

북소리는 흥해 고을을 넘어 청하, 영일, 멀리 영덕, 청송으로 번져 나갔다.

정래의가 외쳐 대는 호소에 근처 젊은이들부터 하나둘 모여들기 시작했다. 며칠 사이에 백여 명이 모여들어 학림강당 안팎을 채웠다. 그중에는 영해에서 소문을 듣고 달려온 사람들도 많았다. 모두 최세윤이 빨리 일어나서 흥해를 중심으로 의진 깃발을 들어 주기를 바랐다. 그러나 최세윤은 말문을 열지 못하였다. 어쩔 수 없었다. 더 머물다가는 관헌들이 올 것 같았다. 장상홍이 나서서 모인 백성들에게 다시 모일 약속을 하고는 집으로 돌려보냈다.

1896년 봄날, 최세윤은 망가졌던 몸을 가까스로 일으켰다. 그리고 먼저 아내와 아이들을 불러 모았다. 맏이 산두 나이가 여덟 살이었다. 그 밑으로 두 딸이 초롱초롱한 눈망울로 병석에서 일어난 아비를 쳐다보았다. 자식들을 보는 순간, 하고 싶었던 말은 온데간데없이 사라졌다. 가슴이 먹먹해지면서 자신이 품은 계획이 식구에게는 모진 형벌이 되겠다는 생각이 들었다.

눈치챈 아내가 아이들을 다른 방으로 보냈다.

"산두야! 동생들 데리고 아랫방으로 가 있어라. 아버지와 나눌 얘기가 있단다."

최세윤은 아내에게 미안한 마음뿐이었다. 식구를 위해 해놓은 일이 아무것도 없어서 안타까웠다.

"미안하오. 학문으로 일가를 이루지도 못하고, 벼슬길로 나아가 집안을 일으키지도 못한 사람이 이제 식구마저 책임질 수 없을 것 같소."

"그런 말씀 마세요. 당신을 기다리는 사람들을 보시고도 그

런 말씀이 나오세요? 이제 당신은 우리 식구만을 지키는 사람
이 아닙니다. 모여든 사람들 목숨까지 지켜 내야 할 사람입니
다. 어서 마음부터 다잡으세요."

　최세윤은 자신보다 더욱 단단해져 있는 아내를 물끄러미 바
라보았다. 아내 무릎에 얹힌 두 손을 잡았다. 손이 너무나 차
가웠다. 죽음과도 같았던 실어증에서 자신을 구해 준 손이었
다. 이젠 약해지려는 그를 붙들고 버티게 하고 있었다.

　"고맙소."

　그 말밖에 달리 할 게 없었다.

6. 안동의진 아장

"형님! 우리도 일어납시다. 곳곳에서 의병이 봉기했다는 말이 들립니다. 우리 흥해는 형님이 중심이 되어야겠소."

장상홍은 주저하는 최세윤을 찾아와서 자꾸만 졸라 댔다.

"형님 이름을 걸어도 좋고, 고을 이름을 걸어도 좋아할 거요."

정래의도 졸랐다.

그러나 최세윤은 고개를 절레절레 흔들었다.

"누가 나를 알아준단 말인가. 한낱 아전 출신이 나섰다고 세상 사람들이 웃을 걸세. 그러면 그때는 돌아설 수도 없네. 좀더 신중하게 생각해 봄세."

최세윤과 함께하겠다는 백성들 수는 점점 늘어났다. 그러나 무기와 군량을 구매할 자금 조달 길이 막막했다. 그는 높은 벼슬을 했거나 재산을 넉넉히 가진 양반 집안 출신도 아니었다. 의기로 모여든 백성들을 이끌어 가는 일은 만만치 않았다. 더구나 홍해 군수가 벌이는 방해도 엄청난 장애물이었다. 보은 봉기 뒤로 그에게 비도 수괴라며 수시로 시비를 걸곤 했다.

최세윤은 봉기를 하더라도 그 중심에 이름이 번듯한 사람을 세우고 싶었다. 곳곳에서 일어나는 의진을 보아도 그 중심에는 높은 벼슬을 했거나 지역에서 재력이 넉넉한 양반 집안 출신이 많았다. 자신이 나서기에는 아무래도 부족한 게 많다는 생각이었다. 그래서 마을 연락책들과 은밀하게 연락을 주고받으며 좋은 사람이 나타나기를 기다렸다.

때마침 안동의진 김도화 의병장이 사람을 보내왔다. 최세윤에게 안동의진 중책을 맡기고 싶다며 함께하자는 내용이었다. 최세윤은 망설이지 않고 김도화 의병장 밑으로 가기로 하였다.

1895년 10월 8일의 중전 시해와 12월 30일에 내려진 단발령으로 백성들 분노가 폭발하였다. 백성들 사이에는 이심전심으로 의병을 일으켜 일본군을 토벌하자는 사발통문이 돌았다. 이즈음 고종의 의대(衣襨) 밀조가 안동 김도화에게 내려졌다. 이때 김도화의 나이는 일흔하나였다. 밀조에 따라 척암 김도화를 비롯하여 곽종석, 권진연, 강육 등을 중심으로 안동의진이 결성

되었다. 안동의진은 봉화 출신 권세연을 대장으로 추대하고, 첫 전투에서 진위대와 일본 군경을 물리치고 안동부를 점령하였다. 그러나 승리는 오래가지 못하였다. 친일 조정에서 내려보낸 경군과 일본 군경에 패하여 뿔뿔이 흩어지는 수모를 겪었다.

이 패배로 안동의진 일 대 대장 권세연이 물러나자 김도화가 대장에 추대되었다. 대장을 맡은 김도화는 류난영을 도총에, 김흥락과 류도성을 지휘장에 선임하는 등 조직을 정비하던 중에 흥해에서 최세윤이 의진을 준비하고 있다는 소문을 듣고 연락을 취한 것이었다.

최세윤은 혼자 안동으로 떠날 수 없었다. 그렇다고 병사들에게 함께 가자는 말을 선뜻 꺼내기도 쉽지 않았다. 병사들이 안동의진에 편입되었을 때 대표자 신분이나 재력에 따라 휘하 병사들에 대한 대접이 달라질 수 있기 때문이었다. 한낱 지방 아전을 거친 게 전부였던 그는 내세울 게 없었다. 자신을 따라간 병사들까지 하찮은 취급을 받게 할 수는 없었다.

장상홍이 고개를 갸웃거리며 다가섰다.

"형님! 뭔 걱정이라도 있소?"

"걱정? 걱정이 많아 보이는가?"

"얼굴이 그렇게 말하고 있네요. 어디 한번 털어놔 보소."

장상홍이 너스레를 떨며 최세윤의 얼굴을 살폈다.

"자네들은 내가 어디를 가든 따라오겠는가?"

그 말에 정래의 얼굴이 굳어졌다.

"형님! 우릴 어떻게 보고 그런 말씀을 하십니까. 형님이 어떤 일을 벌이든 우리는 함께할 거요."

"고맙네."

망설이던 최세윤은 모여든 젊은이 사백여 명에게도 생각을 물어보고 싶었다. 더 이상 지체할 수 없었다. 학림강당 뜰로 내려갔다. 장상홍과 정래의가 뒤따랐다.

"여러분! 저를 찾아온 뜻을 충분히 알고 있습니다. 그러나 저는, 과연 여러분 앞에 당당하게 설 수 있을지에 대하여 고민하지 않을 수 없었습니다. 중전께서 왜놈에게 시해당하신 뒤에 전국 각지에서 분노한 백성들이 일어나고 있습니다. 그들 중심에는 그들을 이끌 만한 자질을 갖춘 사람이 있습니다. 높은 벼슬자리나 학식, 인품을 가진 분들이거나 아니면 곳간에 쌓아둔 재산을 털어서 병사를 모으고 있습니다. 그러나 저는 그 어떤 것도 없습니다. 그래서 답답하기만 합니다. 그래도 저와 함께하겠습니까?"

최세윤은 모든 것을 털어놓고 그들에게 물었다. 아울러 이 싸움은 끝이 보이지 않으며, 식구는 물론 목숨까지 버릴 수 있어야 한다고 말했다.

"함께할 것이오! 그런 조건 다 필요 없소. 우리는 최세윤과 함께할 것이오!"

그들이 외치는 소리가 도음산 자락을 울렸다. 최세윤과 함께 목숨 바칠 각오를 한 사람들이었다. 그동안 오고 간 인정과 부드럽고 따뜻한 인품이 사람들 마음을 모으고 있었다. 그들 중에는 보은까지 달려갔다 온 동학 도인들도 섞여 있었다. 그들은 그때 최세윤이 보여 준 뛰어난 병법과 마을로 돌아왔을 때 관속들의 괴롭힘에서 지켜 준 일을 잊지 못하고 있었다.

그들의 얼굴을 하나하나 짚어 보던 최세윤은 더 기다릴 수 없다는 생각이 들어 주먹을 불끈 쥐고 높이 쳐들었다.

"여러분!"

잠깐 숨을 돌린 그는 안동의진 김도화 대장의 전갈을 알렸다. 그러자 의견이 분분해졌다. 안동의진 밑으로 들어가는 게 마땅치 않다는 의견이 제일 먼저 튀어나왔다.

"흥해 관아에 주둔하고 있는 왜놈 수비대부터 때려잡아야지요."

고을에 있는 눈엣가시 같은 일본 군경을 두고 멀리 안동까지 간다는 게 썩 내키지 않았다. 그뿐만 아니라 안동까지 이동해 가는 일도 만만치 않았다. 봄이라고는 하지만 아직 찬 기운이 남은 험준한 산길에 몸을 숨기며 가는 것은 위험하기 짝이 없었다. 고개를 가로젓는 사람이 점점 많아졌다. 일본 군경과 싸우는 일보다 찬 바람과 험준한 산길이 더 어려운 적일 수도 있었다.

최세윤은 포기하지 않았다. 일본 세력을 몰아내려면 백성이 힘을 합쳐야 한다는 생각이었다. 조직적이고 훈련된 일본 군경에 대항하는 의병에게는 의기 하나만 있었지 제대로 된 군사 훈련이나 신식 무기가 없었다. 더욱이 지휘 체계는 물론이거니와 의진과 의진을 이어 주는 연락망도 갖추어져 있지 않았다. 최세윤은 이 점을 가장 안타깝게 생각하고 있었다.

"여러분! 이 땅에서 외세를 몰아내고 국권을 회복하기 위해서는 의진이 연합해야 합니다. 의기와 의기, 힘과 힘을 합쳐서 더 큰 힘을 만든 뒤에 서울로 진공하는 것을 우리의 최종 목표로 삼아야 합니다. 그 점을 헤아려 줬으면 좋겠습니다."

최세윤이 외치는 소리에 사람들은 한동안 말이 없었다. 얼굴을 살피며 서로서로 속마음을 확인하고 또 확인하였다. 토론은 거듭되었다. 긴 토론 끝에 최세윤을 따라 안동의진에 참여하기로 결정하였다. 안동은 흥해에서 멀고 낯선 곳이었다. 낯선 지역에 가서 싸워야 한다는 게 두렵고 불안하였다. 그러나 모두 용기를 냈다.

최세윤을 맞이한 김도화 대장은 즉시 그를 아장에 임명하였다. 아장은 흔히 중앙 정부에서는 포도대장, 용호별장, 금위중군, 어영중군, 도감중군, 병조참판 등을 통틀어 이르는 말이었으나 의진에서는 대장 곁에서 대장을 호위할 뿐만 아니라 군령을 바로 세우는 일을 맡아서 수행하였다.

안동의진은 최세윤과 그 병사들이 합세하면서 군대다운 모습을 갖추게 되었다. 김도화는 의병을 일으킨 뜻을 왕에게 아뢰는 '창의진정소'를 올린 뒤 인근 지역으로 격문을 돌리고 소모관을 파견하여 의병을 모았다. 소모관을 보낸 일은 효과가 있어서 안동의진의 병력은 점점 늘어났다.

최세윤은 김도화 대장과 의논하여 늘어난 병사들을 일본 군경 눈에 띄지 않게 분산 배치하였다. 아울러 전투력 향상을 위하여 지역 주둔 일본군과 소규모 전투를 늘려 갔다. 기습을 바탕으로 하는 이 작전은 무기 탈취를 위한 것이기도 했다. 의진이 무기를 공급받을 수 있는 중요한 통로 중 하나였다. 그만큼 위험 부담도 컸다.

최세윤은 큰 전투를 위해 인근 지역 의진과 연합 작전을 김도화 대장에게 건의하기로 하였다. 소규모 전투에 만족할 수 없었던 최세윤은 큰 싸움을 생각하고 있었다. 병사들 희생을 줄이고 전투에서 효율성도 높여 막바지에 가서는 서울까지 진공할 전략이었다.

총기가 확보된 것을 확인한 최세윤은 도소에서 김도화 대장을 만났다.

"의진과 의진이 연합하여 지역에서 교두보를 확보해 나가는 전투가 필요합니다. 기습 작전으로는 국권 회복에 이르는 길이 열릴 것 같지 않습니다."

"큰 싸움을 벌이자는 말이지요?"

"그렇습니다. 우리가 봉기한 것은 왜적을 몰아내고 국권을 되찾자는 것입니다. 그러자면 저들을 밀어내야지요."

김도화는 잠깐 생각을 정리하는 듯 눈을 감았다.

김도화 대장은 흔쾌히 받아들였다.

"좋습니다. 우리가 지방에서 싸우고 있지만 장차에는 서울에서 적들을 쫓아내야겠지요. 어느 지역과 연합하는 게 좋겠소?"

"가까운 예안의진과 연합하는 게 좋겠습니다."

"예안의진이라면 향산이 책임을 맡고 있지요. 이만도 대감에게 종사를 보낼 수는 없고. 어때요? 아장이 한번 다녀오시지요."

최세윤은 예안 지역 의병장인 향산 이만도에게 달려갔다.

이만도는 철저한 유교주의자로 서양 세력과 문물을 반대하는 위정척사 의식이 매우 강했다. 성리학과 성리학적 질서만이 바르고, 성리학 이외 모든 종교와 사상은 그릇된 것이므로 물리치자는 주장이었다. 주자학 근본주의에 충실했던 이만도는 인의예지신에 기초한 교화를 받으면 인간이고, 그렇지 못하면 금수로 나누었다. 안으로는 동학에 대해서 비판적이고, 밖으로는 서양에 대해서 비판적이었다. 일본과 서양을 본받으려는 논리는 바른길에서 벗어난 '사(邪)'이고, 유교적 전통 논리를 지키는 것만을 바른 것, '정(正)'으로 보았다.

병자수호조약에 반대하여 최익현이 도끼를 들고 상소하자 이만도는 최익현의 상소가 직언이라며 찬성하고 나섰다. 대원군이 집권한 뒤에 펼친 개혁 조치나 갑오개혁에서 나타난 반유교적인 조치에는 모두 반대하였으며, 대원군 이전 제도로 돌아가자는 주장을 강력하게 펼치기도 했다. 서원을 철폐한 것에도 반대하여 다시 서원을 세우고 유학적 소양이 높은 사람을 집중적으로 육성하고, 유학적 도리를 바탕으로 백성들을 끊임없이 살피고 통제하여 유교를 통해 이상 사회를 실현해야 한다는 것이 그의 주장이었다. 이 사상과 논리를 따르던 유학자들을 위정척사파라고 하였다. 이들은 을미사변과 단발령에 항거하여 적극적으로 의병에 가담하여 일본과 맞서 싸웠다.

"인사드립니다. 저는 흥해 사람 최세윤이라고 합니다. 지금은 김도화 대장이 이끄는 안동의진에서 아장으로 있습니다."

꼿꼿이 앉은 이만도는 허리를 굽히고 서 있는 최세윤을 지그시 바라보았다. 이미 동학 도인을 도왔다는 소문까지 듣고 있었기 때문에 그를 좋게 보지 않았다.

"척암이 무슨 일로 자네를……."

최세윤은 그런 이만도 말투에 아랑곳하지 않았다. 불쾌한 내색도 하지 않고 김도화 대장이 보낸 서신을 꺼냈다.

편지를 읽고 난 이만도가 긴 담뱃대에 불을 붙였다.

"그대가 척암 김도화 의진 아장이란 말인가?"

이미 말한 것을 다시 물었다. 이만도 눈에는 최세윤이 보잘것없는 아전으로 보일 뿐이었다.

"예, 척암께서 많은 가르침을 주십니다."

이만도는 담배 연기를 천장으로 길게 내뿜었다.

"나라가 어지럽고 마음이 급하다지만 어떻게……."

이만도는 혼잣말처럼 중얼거리다가 말끝을 흐렸다. 그러나 최세윤은 삼켜 버린 그 뒷말을 충분히 읽을 수 있었다. 이만도는 한낱 평민이 아장이라는 중책을 맡고 있다는 게 영 마뜩잖았다. 더구나 중요하고 비밀스러운 작전 계획을 신분이 낮은 사람과 의논한다는 것도 썩 내키지 않았다. 그러나 최세윤은 그런 이유만으로 물러설 수는 없었다. 그에게는 수행해야 할 일이 더 중요하기 때문이었다.

최세윤은 다시 머리를 조아렸다.

"가르침을 주십시오."

"그대가 병법을 좀 아는가?"

이만도는 쉽게 마음을 열 것 같지 않았다.

"큰 스승을 얻지는 못했습니다만 나름대로 서책을 접해 왔습니다."

"오, 그래? 그럼 어디 말해 보게나. 이번 태봉 지역에서 펼칠 연합 작전을 어떻게 보는가?"

이만도는 최세윤이 내보이는 표정과 말을 하나도 놓치지 않고 있었다.

"예, 태봉은 상주에 있지만 예천과 문경을 아우르는 지역이며, 대구에서 새재, 보은, 청주로 가는 길목입니다. 이 지역을 우리가 장악해야만 영남의진이 빠르게 서울로 진출할 수 있을 뿐만 아니라 호남과 충청 지역 의진과 연합하여 큰 세를 이룰 수 있습니다. 태봉은 그 교두보인 셈입니다. 일본군 입장에서도 대구와 충주, 그리고 서울을 잇는 병참선에서 주요한 거점이고요. 그러므로 우리는 필히 태봉을 확보하여 왜군을 저지해야 합니다."

잠깐 숨을 돌리며 슬쩍 이만도의 눈치를 살폈다.

"계속하시게."

이만도는 어느새 담배를 끄고 최세윤이 하는 말에 귀를 기울이고 있었다.

"병법에 이르기를 더불어 싸울 수 있는 것과 더불어 싸울 수 없는 것을 알면 승리하고, 병력이 많고 적음에 따라 적절한 운영 방법을 만들면 승리한다고 했습니다. 그래서 김도화 대장께서는 이번 일을 예안의진 대장님과 의논하기를 원하십니다."

최세윤은 덧붙여서 태봉에 주둔하고 있는 일본 병참 부대 위치와 가까운 의진들 형편을 자세히 이야기하였다. 아울러 태봉을 중심으로 함창 지역 지리와 예상할 수 있는 부대 배치, 이동 길목까지 짚어 나갔다. 가만히 듣기만 하던 이만도가 고개를 크게 끄덕였다.

"척암이 사람 보는 눈이 대단하네그려. 이보게, 자네는 작전을 맡은 군사로서 손색이 없네. 이번 작전에 우리 의진도 기꺼이 참여하겠네."

비로소 이만도가 최세윤을 똑바로 바라보았다. 얼굴에는 온화한 미소까지 흘렀다.

"군사라니요, 당치 않습니다. 저는 김도화 대장을 따르는 병사일 뿐입니다."

"아닐세. 그대가 풀어내는 병법과 의진 운용에 탄복했네. 장군이라 불러도 모자람이 없네. 자네를 참모로 둔 척암이 참으로 부럽다고 전해 주시게."

최세윤은 위험을 무릅쓰고 산과 강을 넘나들며 이웃 의진들과 협력을 이끌어 냈다. 안동의진은 1896년 3월 하순, 영주, 예안, 봉화, 의성, 청송, 예천, 영양, 진보에 흩어져 있던 여러 의진과 제휴하고, 충청도 제천 지역의 유인석 의진, 소모 토적 대장 서상렬과 연합하여 함창현 태봉에 주둔해 있던 일본 병참 부대 공격을 시작하였다.

최세윤은 김도화 대장을 호위하며 부대를 이끌었다. 안동의진은 덕통역에, 제천의진은 함창에, 영주·순흥·예안 의진은 포내에, 풍기의진은 당교에 진을 치고 공격 명령을 기다렸다.

연합 의진은 3월 28일 밤, 일본 병참 부대 공격을 시작하였다. 미리 탐지한 정보로는 일본군 병력이 불과 오십 명에서 백 명 정도라고 하였다. 이를 알게 된 각 의진 대장들은 쉽게 승리할 것으로 생각했다.

정세를 살피던 연합 의진은 이튿날 아침, 사격을 시작하였다. 제방을 사이에 두고 치열하게 총격이 벌어졌다. 의병 병력은 칠천여 명이었으며, 그동안 분견소 습격으로 양총을 제법 확보하고 있었다. 화승총과 달리 양총은 사격하기가 매우 편했다. 의병들은 양총을 먼저 사용하였다. 일본군 저항도 만만치 않았다. 그러나 마냥 사격만 하고 있을 수는 없었다. 엄호 사격을 펼치며 선봉장에게 선봉대를 이끌고 제방을 넘어가게 하였다. 그러나 아뿔싸! 기다렸다는 듯 일본군 집중 사격이 이어지면서 선봉대는 퇴각할 수밖에 없었다.

최세윤은 급히 다른 의진에 종사를 보내 전선을 좁혀 오라고 연락하였다. 일본군을 포위하여 사격 방향을 사방으로 흩뜨릴 필요가 있었다. 오후가 되면서 작전이 먹혀들어 갔다. 안동의진은 제방을 넘어 공격에 들어갔다. 그런데 엄호 사격을 해야 할 좌익과 우익에서 사격 소리가 뜸해지기 시작했다.

최세윤이 소리쳤다.

"어찌 된 일인가?"

"총알이 떨어졌습니다아."

"총알이 떨어지다니, 그러면 화승총으로 사격해야지. 서두르게!"

공격에 들어갔던 병사들이 일본군 사격에 쓰러지고 있었다. 우리 측 엄호 사격이 멈춘 탓이었다. 양총을 탈취하여도 늘 총알이 문제였다. 사격하기 편하다고 오전 내내 양총을 쏘아 댄 탓에 총알이 바닥나고 말았다. 화승총은 사격이 느려질 수밖에 없었다. 또 총 한 정에 네 사람이 붙어야만 했다. 조준, 점화, 화약을 준비하는 병사가 제각각 있어야 했고, 한 번 사격하고 난 뒤에는 다시 총을 세워서 화약과 총알을 밀어 넣을 사람이 필요했다. 최세윤은 고개를 절레절레 흔들었다.

화승에 점화하던 병사가 하늘을 쳐다보며 외쳤다.

"큰일 났습니다! 비가 옵니다!"

엎친 데 덮친 격이었다. 꾸물거리던 하늘에서 비가 내리기 시작하였다. 비가 오면 그나마 화승총도 사용할 수 없었다. 빗물에 화승이 젖기 때문에 불을 붙이지 못했다. 우리 진영 사격이 잦아들자 일본군 사격이 더욱 거세어졌다.

선봉장이 최세윤 곁으로 기어 와서 소리쳤다.

"기관총 사격입니다!"

빗줄기처럼 총알이 쏟아졌다. 이어서 야포까지 의진 진영 가운데로 떨어졌다. 지원군까지 도착한 모양이었다.

"어떡할까요?"

최세윤은 김도화 대장이 있는 장영 쪽을 보았다. 김도화 대장이 비를 흠뻑 맞고 있었다. 재빨리 그쪽으로 달려갔다.

"퇴각해야 합니다. 병기를 사용할 수가 없습니다."

"저 강바닥에 내려가 있는 병사들은 어쩌지요?"

김도화 대장은 강바닥에 쓰러진 의병들 시신을 보고 있었다.

"빨리 명령을 내리십시오."

"퇴각하시오."

일본군은 기회를 놓치지 않고 총공격을 펼쳤다. 총기를 사용할 수 없는 의진에게 기관총과 야포로 무장한 일본군은 엄청난 위력을 발휘하였다. 퇴각도 쉽지 않았다. 비가 와서 젖은 땅바닥은 의병들이 뛰어들자 이내 진창이 되고 말았다. 전사한 시신이 진창에 뒤엉켜 길바닥을 덮었다.

"침착하라! 몸을 낮추어라!"

최세윤은 후퇴하는 병사들 뒤에서 부상 입은 병사들을 일일이 수습하여 예천을 거쳐 안동으로 회군하였다.

일본군과 관군인 진위대의 추격은 끈질기게 이어졌다. 4월 2일, 안동의진은 전열을 재정비하여 반격에 나섰다. 봉정사와 안기동까지 추격해 온 일본군을 상대로 전투를 펼쳤다. 그러나 무기 보급이 제때 이루어지지 않는 바람에 다시 패하였다. 의진을 쫓아서 안동으로 들어오던 일본군은 안기동에 불을 질렀다. 마을을 태운 불이 바람을 타고 순식간에 마을 뒤쪽 골짜기까지 번져 나갔다. 미처 피하지 못한 백성들과 의병들은 다시 불에 쫓기면서 뿔뿔이 흩어질 수밖에 없었다.

최세윤은 묵묵히 김도화 대장을 도왔다. 함께 간 흥해 지역 의병들도 흔들림 없이 최세윤과 함께 김도화 대장 곁을 지켰다. 안동의진은 흩어진 의병들을 다시 모아 재정비하였다. 부장 류난영, 도총 김하휴, 선봉장 류시연, 소모장 이충언 등으로 재편하여 일본군과 맞섰다. 잿더미가 되어 버린 안동에서는 병력과 군자금을 조달할 길조차 막혀 버린 상황이었다. 그러나 안동의진은 의기 하나로 불리한 상황을 극복해 가려고 안간힘을 쓰고 있었다.

그런데 여기에 찬물을 끼얹는 일이 벌어지고 말았다. 늦더위가 유난하던 여름 막바지, 왕이 보낸 효유사가 안동의진에 파견되었다.

"어명이오. 그대들 충정을 알았으니 이제 해산하기를 명하노라."

김도화 대장이 효유사를 노려보았다.

겁먹은 효유사가 부들부들 떨면서 같은 말을 거듭했다.

"어, 어명이오. 그, 그대들 충정을 알았으니……."

김도화 대장이 차고 있던 칼을 땅바닥에 거세게 꽂으며 소리쳤다.

"언제는 거병하라고 부추기더니 이제 와 충정을 알겠으니 그만하라고? 그간 희생된 백성들, 그 목숨은 무엇이란 말인가!"

곁에 섰던 최세윤이 가슴을 치며 울부짖었다.

"나약한 군왕에게 우리가 무엇을 기대할 수 있겠는가!"

김도화는 고개를 저었다.

"왜놈들이 있는데 해산할 수는 없지."

그러나 버티는 것도 며칠 가지 못하였다. 9월 초에 경군이 의진을 진압하기 위해 안동으로 들어왔다는 소식이 들렸다.

최세윤이 도소에 들어서자 김도화 대장이 한숨을 내뱉었다.

"기가 막힐 일이야. 이럴 수는 없지."

"무슨 일입니까?"

"우리가 비적인가 보오. 우리를 토벌하겠다며 왕이 보낸 경군이 안동에 도착했다는 소식이오."

최세윤도 그 말에 헛웃음이 나왔다.

"토벌이라……."

온몸이 벌벌 떨렸다. 분하고 억울했다.

"왕이 제 백성 목을 치려고 군대를 보내다니 도대체 누구를 위한 왕이란 말인가."

그 소식을 들은 이만도가 예안에서 한걸음에 달려왔다. 그는 도소에 들어서면서 불같이 화를 냈다. 머리를 맞대 보았지만 어쩔 수 없었다. 조선 백성인 경군과 맞서 싸울 수는 없었다. 안동 의진은 1896년 9월 11일 항일전을 끝낼 수밖에 없었다.

최세윤은 흥해 의병들을 안동에서 해산시키고 귀향을 명령하였다. 추격하는 진위대를 따돌릴 방법은 그 길밖에 없었다. 안동에서 해산한 뒤에 삼삼오오 짝을 이루어 등짐이나 봇짐장수로 가장하여 흥해로 돌아가게 하였다. 돌아가서도 의진 활동 사실을 비밀로 하도록 단단히 일렀다.

최세윤은 보은 봉기 뒤에 있었던 아픈 기억을 떠올렸다. 봉기에 참여하였다가 고향으로 돌아온 농민들을 기다린 것은 관속들이 휘두르는 무자비한 폭력이었다. 동헌에 끌고 가 매질하고 함께한 동료들을 일일이 고발하게 하였다. 이웃을 갈라놓고 서로 믿지 못하게 만들어 수백 년 동안 함께 살아온 마을을 찢어 놓았다. 그뿐만이 아니었다. 그나마 부치던 땅마저 빼앗고 마을에서 쫓아내기도 하였다.

흥해 집으로 돌아온 최세윤은 죽거나 부상당한 병사들 집을 몰래몰래 찾아다니며 식구를 위로하고 도울 길을 찾아보았다. 전사자 식구에게는 큰 죄인이 된 셈이었다. 부상 병사에게는 보상을 약속할 수도 없었다. 마음이 너무나 불편하였다. 그야말로 죄인 아닌 죄인이 되어 학림강당에 숨듯이 웅크리고 지냈다.

7. 학림강당 십 년 공부

넋이 나간 사람처럼 지내는 동안 그나마 위로가 된 것은 아이들이었다. 학림강당에 글공부하러 오는 아이들과 많은 시간을 보냈다. 그러다 문득 아이들을 다시 보게 되었다. 맑은 하늘과 태양과 가을바람이 가난하고 헐벗은 아이들을 감싸 주고 있었다. 그런 아이들을 바라보던 최세윤은 또 다른 걱정이 생겨났다. 장차 그 아이들 어깨에 얹힐 수탈과 압제가 아프게 다가왔다. 아이들에게 스스로 가치를 깨닫고, 당당하게 살아갈 수 있는 그런 글을 가르쳐 주고 싶었다.

'그래. 출세와 영달을 위한 공부가 아닌, 자신을 알게 하는 공부!'

논밭에도 함께 가고, 산과 내를 오르내리며 아이들과 함께

했다. 그러나 가르치는 일도 만만치는 않았다. 부모들에게는 아이들이 곧 일손이었다. 공부가 소용없다고 대드는 사람도 있었다. 그들은 어설프게 글을 알았다가는 오히려 목숨을 잃을 수 있다는 생각도 하고 있었다. 그럴수록 최세윤은 마음을 다졌다. 가르치는 일이라도 해야 이웃에게 진 빚을 조금이나마 갚을 수 있다고 생각했다. 아이들 가운데는 의진에 참여했다가 목숨을 잃었거나 다친 집 자식들도 섞여 있었다.

"알아야 당하지 않아요."

"알고 깨달아야 당당히 일어설 수 있어요."

최세윤은 정성을 다해 이웃에게 다가갔다. 이웃들도 조금씩 마음을 열어 주었다. 그해 겨울이 지나자 아이들뿐 아니라 젊은이들도 글공부 자리로 모여들었다. 낮에는 아이들이, 밤에는 젊은이들이 학림강당을 채웠다.

최세윤은 학림강당에 머무는 시간이 많아졌다. 백성들에게 학문을 권하며 사람답게 살아갈 수 있는 길을 알려 주는 데 시간을 집중했다. 나라를 구하는 데는 적과 싸우는 것도 중요하지만 백성들에게 자신의 존재 가치를 깨우치는 것도 중요하다는 생각이었다.

무심한 시간은 너무나 빨리 흘러가고 있었다. 나라의 운명은 불안하고 이를 바라보는 최세윤의 안타까움은 더하여 갔다.

어느 날, 학림강당으로 집안 형 최홍식이 찾아왔다.

"농수 최천익 할아버지 유고집을 간행해 보는 게 어떤가?"

"다른 일에 골몰하느라 그 생각을 미처 못 했네요."

"유고들이 흩어져 있어서 그냥 두면 얼마 못 가서 다 없어질 것이네. 그게 걱정되어 이렇게 찾아왔네."

"능력이 모자라지만 한번 해 보겠습니다."

최세윤은 이듬해부터 농수 최천익이 남긴 글을 모아서 속집 간행에 정성을 다하였다.

최천익은 어릴 때부터 신동 소리를 들을 만큼 명석했으나 과거를 통해 벼슬하는 일에는 그다지 관심이 없었다. 진사시에 급제했으나 자신의 분수에 족하다는 생각으로 더 이상 과거에 나가지 않았다. 고향에 머물면서 학문 닦는 일에 힘을 기울였으며, 후진을 양성하는 데 평생을 바쳤다. 변방 작은 고을인 흥해에서 이름 높은 선비들이 많이 배출된 것은 최천익 덕분이라고 할 만큼 그는 인품과 학문이 뛰어났다.

유고집 작업을 마무리 짓던 최세윤이 자료 하나를 들고 며칠을 끙끙댔다.

"뭘 갖고 그렇게 고심하는가?"

최세윤은 최홍식에게 글 한 점을 건넸다.

"이 〈예토자설(瘞兔子說)〉을 넣을까 말까 생각 중입니다."

"이 글은 개인 일기라서 그냥 접어 두기로 했잖은가?"

최홍식은 이미 의논이 끝난 글을 갖고 자꾸만 망설이는 최세윤이 오히려 이상하다는 얼굴이었다.

"형님! 다시 읽어 보세요. 비록 뜻이 엷고 특별할 게 없는 문장이지만 새기고 또 새기다 보니 예사로운 글이 아니라는 생각이 드네요."

최세윤은 벌써 여러 차례 '예토자설'을 읽고 새긴 터였다.

"자네가 의미를 새롭게 찾았다면 나도 다시 한번 읽어 봄세."

최홍식은 밀어 두었던 글을 다시 읽기 시작했다.

봄날, 아이가 나무하러 갔다가 어린 토끼를 붙잡아 와서 마당에 풀어놓았다. 아이들이 모여서 떠들어 대며 토끼를 구경하였다. 나는 아이들이 토끼를 괴롭혀 죽일까 봐 염려되어 토끼를 본채 마루 귀퉁이에 두었다. 갈색 털을 가진 녀석이었다. 귀는 길고 쫑긋하며, 눈은 오목하고 자그마했다. 깡충깡충 뛰는 모습이 아직 어리지만 꼴은 제대로 갖추어졌다.

토끼 등을 쓰다듬으며 말하였다.

"네 꼴은 듣던 것과 똑같구나. 너는 어느 산중에서 왔느냐? 너는 누구네 후손이냐. 옛이야기를 보면 너희는 영특하고 이채로워서 많은 칭찬을 받았다지. 너희 족속은 정말 귀하였다더구나. 그렇지만 너는 태어난 지 얼마 되지도 않았는데 엄마는 어쩌고 여기까지 왔느냐?"

토끼는 대답 없이 두려운 눈빛으로 나를 보았다. 고개를 움츠리고 엎드려 떨고 있는 모습이 애처로웠다. 아이들을 가까이 오지 못하게 하고, 더 가까이 가서 살펴보려는데 재빨리 마루 밑으로 들어가 숨어 버렸다. 안심하도록 주변을 가려 주었다.

하룻밤이 지나고 배고플 것 같아서 토끼를 집어 손바닥에 올려놓고 밥을 먹여 보았다. 토끼는 두려워 떨며 먹지 못하였다. 오히려 발버둥 치며, 땅바닥에 뛰어내리더니 구석으로 가서 숨었다. 그 모습을 보고 있자니 걱정으로 한숨이 나왔다.

"내가 정말 어리석었구나. 숲속 밝은 땅이 네가 안락하게 사는 집인데 왕골 돗자리로 바꾸고, 풀과 열매와 나무뿌리가 좋아하는 음식인데 밥을 먹이려고 하였으니 네가 어찌 초췌하지 않겠느냐. 너는 이미 소중한 것을 잃었으며 더욱이 엄마가 그리워 일어난 슬픔으로 거의 죽을 지경이 된 것을 내가 몰랐구나."

아이를 불러 본래 있던 곳으로 어서 돌려보내라고 하였더니 아이가 난처한 얼굴을 하였다.

"제가 잡아 올 때 어미를 보지 못했습니다. 이미 어미를 잃고 제 눈에 뜨인 것이 틀림없습니다. 지금 와서 돌려보내면 강한 놈에게 잡아먹힐 게 뻔합니다. 그 일은 또 어찌하시렵니까?"

어린 토끼가 더욱 불쌍해 보였다. 나는 어찌할 바를 몰랐다.

"산기슭에 놓아주어도 죽을 것이요, 제자리로 돌려보내도 죽을 것이다. 위로는 솔개에게 잡아먹힐 것이고, 아래로는 맹수 밥이 될 터이니 살아날 방법이 없구나. 그렇다고 우리 집에 머물게 하면 닭처럼 길들어 사람에게 의지해 구차하게 살아야 할 것이니 그것도 차라리 죽느니만 못할 것이다."

아이를 시켜서 대나무를 엮어 울타리를 크게 짓고, 연한 풀을 깔게 하고는 토끼를 살게 하였다. 울타리 안에다 넣어 두니 토끼가 문득 하늘을 우러르고 땅을 굽어보며 엎드렸다 일어났다 하였다. 그 몸짓을 내 집처럼 편안하게 여기는 뜻이라고 생각했다. 배고프고 목마르면 먹고 마시게 하였더니 사람을 그다지 두려워하지 않고 입술을 오물거리며 가끔 되새김질도 하였다. 나는 그렇게라도 사람과 오랫동안 친하게 지내기를 바랐다.

토끼가 생명을 보전할 수 있겠다고 생각한 지 사흘이 지난 날이었다. 아이가 새벽같이 달려와서 소리쳤다.

"토끼가 죽었습니다. 토끼가 죽었어요!"

깜짝 놀라 가 보았더니 울타리를 비롯하여 모든 게 그대로인데 토끼는 죽어 있었다.

"슬프다! 어제까지 울타리를 따라 뛰어다니던 어린 토끼야! 이제와 이 지경이 어찌 된 일이냐. 내가 아이 말을 듣지 말고 너를 달 뜨고 이슬 맺히는 빈산 네 고향으로 돌려보냈다면 요행히 맹수를 피하여 생명을 보전할 수 있었겠느냐? 그렇지 않고 너를 우리 집 동산 숲속에 두어서 풀숲을 너른 울타리로 삼았으면 하고 싶은 대로 하고 거리낌 없이 살 수 있었겠느냐? 울타리에 얽매이는 고통 없이 네가 가고 싶은 데로 가는 것을 막지 않았으면 혹여 살 수 있었겠느냐? 가련히 여기고, 안타깝게 여기며 내가 너를 살리려고 부지런히 한다고 했건만 내가 네 생명을 지키기 위해 꾸민 것이 오히려 죽음을 재촉하고 말았구나. 죽은 너는 비록 모를 테지만 나는 마음이 아파 견딜 수가 없구나. 내가 네 죽음을 가련히 여기고 있는데 네 주검을 어찌 땅바닥에 내버려 개와 고양이 먹이로 만들 수 있겠느냐. 구덩이를 깊게 파고 어린 너를 묻으며 주검이라도 함부로 파헤쳐지지 않기를 간절히 바랄 뿐이다."

─〈예토자설(어린 토끼를 묻다)〉

다 읽고도 글을 손에서 놓지 않으며 최홍식이 물었다.

"언제 글이었는가?"

"예, 영조 임금 때 글입니다. 사도 세자 돌아가신 지 삼 년 되는 해였을 겁니다."

최흥식은 가만히 고개를 끄덕였다. 가슴 한편이 아릿해 왔다.

"내가 잘못 생각한 것 같네. 꼭 실어야 할 글이야."

작고 여린 한 생명을 향한 따뜻한 마음이 절절히 담겨 있는 글이었다. 그 감동이 가슴을 흔들었다.

"저는 이 글을 통해 농수 할아버지의 생각을 다시 보게 되었습니다. 할아버지 학문은 그 시작과 끝이 결국은 생명에 대한 존중이었음을 깨달았습니다. 한 생명을 가엽게 여기는 마음이 곧 천심 아니겠습니까. 높은 벼슬을 잡으려고 애쓰지 않고 진사에 족했던 생각을 조금은 알 듯합니다."

"지금 생각해 보니 그런 생각과 마음이었기에 빈부를 가리지 않고 귀천도 따지지 않고 찾아오는 아이들을 다 거두어 가르치셨는가 보네."

농수 최천익의 문집을 간행하면서 복잡하던 생각도 차츰 다듬어지고 있었다. 최세윤은 다른 일을 모두 접고 그 일에 정성을 쏟았다. 그렇다고 완전히 눈과 귀를 막고 산 것은 아니었다. 죽은 듯이 살자고 마음을 다잡아 보았지만 찾아오는 벗들까지 물리칠 수는 없었다. 낭산 이후, 눌산 이용묵, 석농 정진백, 매하 조성목, 기석 황진섭, 복재 장태흠, 진사 최호연이 그들이었다.

낭산 이후는 영천 사람으로, 우리나라의 독립을 보장받기 위해 헤이그에서 개최되는 만국평화회의에 밀사를 보내는 데

주도적인 역할을 했고, 북산정사를 세워 젊은이들 교육에 힘을 다하였다. 눌산 이용묵은 경산 사람으로, 천문학을 비롯한 과학적인 면에 많은 관심을 가졌던 개혁적인 유학자였다. 석농 정진백은 빼앗긴 황제 칭호를 되살리자는 상소 집필에 참여하였다. 일본은 고종 황제를 '덕수궁 이태왕'이라 하고, 순종 황제를 '창덕궁 이왕'이라 칭하며, 이들에 대한 존칭은 '전하'로 격하시켰다. '이태왕'이라는 것도 우리가 생각하는 왕이 아니라 일본 작위에 불과한 것이었다. 매하 조성목은 청송에서 흥해로 옮겨 와 살았다. 산남의진이 일어나 경상도 각 군에 중심 인물을 배정할 때 최세윤, 정래의, 김창수 등과 더불어 흥해 지방을 담당하여 의병을 모집하고 군수 물품을 조달했으며, 일본군 정보를 탐지하여 의진에 전달하였다.

기울어 가는 나라에서 이름 없는 지식인으로 산다는 것은 무척 외로운 일이었다. 이들은 서로 오가면서 나라와 백성에 대한 생각을 나누었다. 최세윤은 이들을 통해 나약해지려는 마음을 다잡을 수 있었다. 그중에서 조성목과는 마음도 잘 맞았으며, 이웃에 살면서 수시로 만나 나라 걱정을 하였다.

"귀나 눈을 막는다고 세상이 변하지 않는 것은 아닐세."

"그럼 어떡하면 좋단 말인가?"

"기회가 꼭 올 거야. 늘 준비하고 있어야 하네."

"기회, 기회! 나라가 기울어 가는 마당에 기회 타령만 하고 있어야 한단 말인가?"

최세윤은 하루에도 몇 번씩 치밀어 오르는 분노를 참느라 소리 내어 글을 읽기도 했다. 낮에는 끼니도 잊은 채 밭을 갈고 아이들을 가르쳤다. 몸을 힘들게 하는 게 생각을 없애는 길이었다. 인내의 세월은 무심히 흘러가 버리는 게 아니었다. 스스로 몸을 학대하면서 먼저 간 의병들에 대한 미안함을 덜어 내는 시간이기도 했다. 그러나 더 이상 분노를 참고 삭일 수만은 없는 일이 터지고 말았다.

8. 때를 기다려 온 사람들

1905년, 일본의 위협으로 을사늑약이 맺어졌다.

을사늑약은 일본이 러일 전쟁에서 승리하자 러시아와 포츠머스 조약을 체결한 후, 조선을 보호한다는 거짓 구실을 내세우며 강제로 맺은 조약이었다. 같은 해 11월 17일에는 외교권을 빼앗아 가면서 국제적으로 조선이라는 나라를 지워 버렸다. 참담하기 짝이 없는 조약이었다. 학부대신 이완용, 내부대신 이지용, 외부대신 박제순, 군부대신 이근택, 농상공부대신 권중현이 주권을 일본에 통째로 넘겨주고 말았다.

최세윤은 이런 통탄할 소식을 접하고는 사흘간 식음을 끊었다. 음식이 넘어가지 않았다. 식구들은 을미사변 때 일을 떠올리며 최세윤이 또 말문을 닫을까 봐 불안에 떨었다. 그러나 최세윤은 그때처럼 나약하게 무너지진 않았다.

"벼슬을 꿰차고 있는 자들이 어찌하여 나라를 팔아먹는단 말인가!"

영천에서 낭산 이후가 을사오적을 처단하라는 상소를 준비한다는 소식이 들렸다. 최세윤은 나라를 위해 목숨을 바쳐야 할 때라고 강하게 느꼈다.

"이 나라 주인은 왕이 아니야. 사대부들은 더더욱 아닌 게 이제야 만천하에 드러난 거야. 비로소 주인이 주인 구실을 해야 할 때가 온 거야. 백성이 주인인 나라, 그 나라를 백성들이 나서서 지켜야 할 때가 온 거야."

온몸이 부르르 떨려 왔다. 끓어오르는 울분을 삭이며 할 일을 생각했다. 먼저 정래의를 은밀히 불렀다.

"여전히 연락 닿는 사람이 얼마나 되는가?"

"얼마를 따질 게 뭐 있겠습니까. 안동과 태봉에서 세상을 떠난 사람 빼고는 다 연락이 되지요."

"살아 있는 사람은 다 연락이 된다, 이 말이지? 마을별로 연락책을 은밀히 부르시게. 사흘 뒤 그믐밤이 좋겠네."

"걱정하지 마십쇼. 은밀히, 어둠처럼 움직일 테니."

"그날은 특별한 손님도 오기로 되어 있네. 그러니 더욱 조심!"

"특별한 손님이라… 은근히 긴장되네요."

정래의가 고개를 외로 꼬고 바로 꼬고 하면서 집을 나섰다. 최세윤은 마당에서 한참 동안 서성댔다. 담 밖에는 인기척이 전혀 없었다. 나라와 함께 사람들마저 모두 사라져 버린 느낌이었다. 하늘도 캄캄하기만 했다. 이따금 차가운 바람이 먼지를 일으키곤 했다.

겨울을 재촉하는 비가 내린 날, 밤공기가 무척 차가웠다. 안동의진에 참여했던 마을 연락책들이 속속 모여들었다. 불을 낮춘 탓에 사람 얼굴도 제대로 보이지 않을 만큼 어두웠다. 최세윤은 방에 앉은 사람들 얼굴을 천천히 살폈다.

"그간 잘들 지냈는가?"

얼굴에는 십 년 세월이 억센 주름으로 쌓여 있었다.

"형님께서 고생 많으시다는 이야기는 듣고 있었습니다."

"우리를 대신해서 고초가 많으시다는 것도 알고 있습니다."

"아닐세, 아니라네."

모인 사람들이 돌아가며 최세윤에게 인사를 건넸다. 거친 손들이 서로 오가며 아플 만큼 힘껏 잡았다.

"다 온 것 같습니다. 근데 저 뒤에 낯선 분은?"

정래의가 최세윤 옆에 앉으며 눈짓으로 뒤를 가리켰다. 최세윤은 뒤를 쓰윽 돌아보고는 슬며시 웃었다.

"그것보다 상홍 아우가 보이지 않네그려. 집안에 또 무슨 일이라도?"

얼마 전에 장상홍이 모친상을 당한 게 떠올랐다. 몸이 날랜 장상홍은 늘 한발 앞서서 할 일을 챙겨 놓곤 하였다. 그런 그가 보이지 않는 게 마음에 걸렸다.

"모든 연락을 장상홍이 했는데…, 곧 오겠지요. 말씀부터 하시지요."

정래의 목소리에도 불안과 초조가 배어 있었다. 최세윤은 헛기침을 두어 번 하고는 바깥에 귀를 기울였다. 한차례 바람이 지나갈 뿐 별다른 낌새가 없었다.

"조금 더 기다렸다가 상홍이 오면 그때 이야기 나누기로 하고. 자, 다들 귀한 손님과 인사 나누게."

사람들 눈이 짚동처럼 멀찍이 앉아 있던 사람에게 쏠렸다.

"신 장군! 이리 나오시오."

벽체 기둥 뒤에 숨은 듯 웅크리고 있던 사람이 엉금엉금 곰처럼 기어 나왔다. 이불을 둘둘 감고 있는 모습이 영 이상했다.

그는 민망했는지 시렁에 걸린 바지를 가리켰다.

"강을 몇 개나 건너느라 아랫도리가 다 젖는 바람에 바지를 벗었소."

그러고는 방 안을 둘러보더니 자리가 없는 것을 알고 그냥 최세윤 뒤에 엉거주춤 앉았다.

"멀리 영해에서 오신 신돌석 장군이오."

"예, 신돌석이올시다. 최 사숙과 의논할 일이 있어서 왔소. 마침 귀한 분들과 인사할 수 있어서 참 좋소이다. 반갑소."

정래의가 화들짝 놀라며 소리쳤다.

"소문이 자자한 바로 그 소년 의병장, 신 대장이란 말이오?"

최세윤이 정래의 무릎을 쳤다.

"이 사람아, 목소리 낮추게."

"소년 대장이란 말은 듣기가 민망하오."

모인 사람들이 그제야 고개를 끄덕이며 인사를 나누었다. 어둠 속이라 서로 얼굴을 자세히 볼 수는 없었다.

"잘 오셨소, 신 장군!"

정래의가 손을 내밀었다.

신돌석은 여유롭게 웃으며 자신을 알아봐 주는 정래의 손을 잡고 흔들었다.

신돌석은 이 차 거의를 준비하면서 이웃 고을인 흥해 지역 움직임이 알고 싶어 최세윤을 찾아온 것이었다. 남쪽 흥해와 북쪽 강릉에서 함께 일어나 준다면 싸움을 유리하게 이끌 수 있기 때문이었다. 특히 동해안에서 넓은 들을 가진 곳이기에 영해와 흥해가 군량미 조달이 가능한 지역이었다. 그중에서 흥해 최세윤과는 같은 평민 출신이라는 생각 때문인지 마음이 잘 맞았다.

신돌석은 일본 군경 분견소와 주재소를 피하느라 크고 작은 강을 여러 개 건너야 했다. 그 바람에 바지가 온통 물에 젖은 것이었다. 젖은 바지는 찬 바람에 얼어서 쇳덩이처럼 무겁고 딱딱했다. 시렁 위에 걸린 바지가 녹으면서 물이 뚝뚝 떨어졌다.

신돌석과 달리 최세윤은 점점 불안해졌다. 장상홍이 여전히 오지 않았기 때문이었다. 얼마나 기다렸을까. 불안이 두려움으로 바뀔 때쯤, 좀처럼 사랑채로 건너오지 않는 아내가 갑자기 방문을 벌컥 열더니 골패를 밀어 넣었다.

놀란 최세윤이 벌떡 일어났다.

"아니, 웬 골패를?"

그러나 아내는 골패를 바닥에 펼쳐 놓고는 밖으로 나가 버렸다. 영문을 모르는 사람들은 멀거니 닫힌 방문을 바라보았다. 당황한 정래의도 재빨리 골패를 움켜쥐며 일어섰다.

"이제는 투전판도 단속하시오? 그렇게 할 일이 없소?"

마당에서 고함 소리가 들렸다. 아내가 목소리를 높이고 있었다. 곧바로 방문이 벌컥 열리며 찬 바람과 함께 낯선 사람들이

들이닥쳤다.

"꼼짝 마라!"

일본군과 그 앞잡이였다. 방 안에 있던 사람들이 놀라서 엉거주춤 일어섰다. 정래의가 들고 있던 골패를 주르르 떨어뜨렸다. 일본군은 총을 치켜들고 일어선 사람들 어깨를 내리쳐 주저앉혔다.

"뭐 하는 짓이오? 그 총, 당장 치우시오!"

최세윤은 맨 앞에서 총을 치켜든 일본군 팔을 꺾어 마당으로 밀어 버렸다.

일본군 흥해 분견소장이 뒷짐을 진 채 방으로 들어섰다.

"진정들 하시지."

최세윤이 버티고 선 채 그를 노려보았다.

"여긴 왜, 왔소?"

"폭도들이 사회 질서를 해칠 모의를 한다는 신고가 들어왔소."

"도대체 무슨 소린가. 우리는 긴 밤이 심심해 놀이를 한 것뿐이오."

그 말에 분견소장은 방을 휘이 둘러보았다. 골패가 나뒹굴고 있었다.

"정말이오?"

"뭘 더 알고 싶으시오. 눈으로 보고도 못 믿겠소?"

마당 한쪽에서 장상홍이 외치는 소리가 들렸다.

"형님! 나 좀 어떻게 해 주소."

"아니, 자네는 거기서 뭐 하는 건가?"

"오늘 모임 정체를 대라며 나를 이 지경으로 만들었소."

최세윤이 마당으로 뛰어내려 장상홍을 끌어안았다. 장상홍이 최세윤 가슴에 고개를 떨구었다. 최세윤은 분견소장 앞으로 가서 그의 눈을 똑바로 노려보았다. 어둠 속이었지만 최세윤 눈에서 불꽃이 튀었다.

"벗들이 모여서 놀이하는 것도 당신이 막아야 하오? 저기, 저 사람이 무슨 잘못을 했소? 무고한 사람을 괴롭힌 당신네를 하늘이 벌할 거요. 풀어 주시오, 당장!"

눈빛에 제압당한 분견소장이 고개를 돌려 뒤쪽에 웅크리고 있는 신돌석을 가리켰다.

"저기 저자는 뭐요?'

순간 최세윤은 당황하였다. 둘러댈 말을 찾지 못해 머뭇거리는데 신돌석이 천연덕스럽게 말을 받았다.

"나 말이요? 나는 저 영덕 문가네 머슴이오."

"문가라면, 그 청어 장수?"

"잘 아시는구먼."

소장도 아는 사람인 듯했다.

"그런데 왜 그러고 있나?"

"돈 잃은 사람이 투전판에서 할 일이 뭐겠소. 이불 펴고 자려던 참이오. 한번 보시겠소?"

신돌석은 두르고 있던 이불을 활짝 펼쳤다. 벌거벗은 아랫도리가 그대로 드러났다. 민망해진 소장이 고개를 돌렸다.

"허허, 볼 만하오?"

신돌석이 껄껄거리며 소장을 올려다보았다. 잠시 머뭇거리던 소장이 군말 없이 돌아섰다. 그야말로 일촉즉발의 위기였다. 기지를 발휘한 아내와 넉살 좋은 신돌석 대장 덕분에 모인 사람들 모두 무사했고, 장상홍도 풀려날 수 있었다.

"신 대장, 고맙소."

최세윤은 위기에서도 당황하지 않는 신돌석을 다시 보았다. 여유로움이 놀랍기만 했다.

"고맙다면 입으로만 하지 마시고 이쪽 고을에서 우리 의진을 많이 도와주소."

신돌석이 또 껄껄껄 웃었다.

"돕다뿐이겠소? 함께 싸워야지요."

"앞으로 흥해의진이 거의하면 연합 작전을 화끈하게 펼쳐 나갑시다. 함께 적들을 이 땅에서 몰아내야지요."

신돌석이 덥석 최세윤 손을 잡았다. 엄청난 힘이 전해졌다. 억센 손 안으로 최세윤의 마음이 빨려 들어갔다. 최세윤은 신돌석을 다시 한번 바라보았다. 우람한 체구에서 뿜어져 나오는 기세가 천장을 뚫을 것만 같았다.

"그래야지요. 신 장군 믿음에 어긋나지 않게 우리도 준비하리다."

최세윤은 신돌석과 서로 마음을 확인하였다.

최세윤에 대한 감시는 더욱 심해졌다. 그렇지만 최세윤은 흥해, 곡강, 신광, 청하를 중심으로 알음알음 의진에 참여할 병사를 확보해 나갔다. 멀리 영덕과 청송에서 사람들이 연락을 주기도 했다. 그러나 봉기 기회는 쉽게 다가오지 않았다.

9. 종창 발병

날씨마저 꽁꽁 얼어붙고 있었다. 매서운 바람이 며칠째 이어졌다. 일찍 찾아온 추위로 용연지가 얼어붙은 지 한참이나 되었다.

최세윤이 마당에 서서 차가운 날씨를 붙들고 부질없는 푸념을 늘어놓았다.

"나라가 이 지경이 되었으니, 날씨인들 오죽할까."

그때 행색이 초라한 나그네 두셋이 사립문 앞으로 다가왔다.

"누구신지요?"

그들은 한차례 주변을 살피고는 정중하게 고개를 숙였다.

"최세윤 아장이 아니신지요?"

"아장이란 말씀은 듣기가 민망합니다만, 내가 최세윤은 맞소이다."

"제대로 찾아왔군요. 저희는 영천에서 왔습니다. 잠깐 들어가서 이야기를 나누시지요."

그들은 다시 조심스럽게 주변을 살폈다.

"누추합니다만 어서 들어오시오. 날씨가 만만찮습니다."

그들은 자리에 앉자마자 급히 자신들을 소개하였다.

"저는 정용기라고 합니다. 영천에서 왔습니다. 이쪽은 이한구이고, 여기 정순기 아우와는 먼발치지만 뵌 일이 있다고 들었습니다."

동엄 정환직이 왕의 부름을 받고 궁궐에 들어갔다. 고종은 중추원 의관 정환직을 보자마자 눈물을 흘렸다. 한참 동안 눈물짓던 고종은 설움을 진정한 뒤에 어렵게 말을 꺼냈다.

"그대는 화천지수(華泉之水)를 아는가?"

"중국 고사에 있는 이야기로 알고 있습니다."

고종과 정환직은 눈을 맞추며 눈빛으로 그 고사 내용을 나누었다.

기원전 595년 중국 제나라 임금 경공이 적에게 포위되어 위기에 빠졌을 때, 호위 장수였던 봉축부는 임금을 구하기 위하여 옷을 바꾸어 입기를 청했다. 봉축부가 임금 옷을 입고 수레를 타고, 임금은 호위 장수 옷을 입고 말을 몰고 있었다. 적에게 체포되는 순간 봉축부가 말고삐를 잡은 임금에게 말하였다.

"내 목이 마르니 화천에 가서 물을 한 잔 떠 오너라. 마지막으로 그 물을 마시고 싶구나."

적장은 비록 포로가 된 적국 임금이지만 마지막 소원이라는 생각에 그 말을 들어주게 하였다. 경공은 물을 뜨러 가는 척하면서 포위망을 빠져나갔고, 봉축부는 임금 대신 장렬하게 죽었다.

궁궐 안을 온통 친일 세력이 장악하고 있을 때였다. 고종이 하는 말과 행동은 모두 통감부에 보고되었으며, 드나드는 사람조차 통제되고 있었다. 고종과 정환직은 다른 말을 나눌 수가 없었다. '화천지수'라는 말끝에 고종은 품에서 '짐망(朕望)'이란 밀조를 꺼내 주었다. 짐(朕)은 임금이 자기를 가리키는 말이고, 망(望)은 바란다는 뜻이니 곧 '짐은 화천지수를 원한다'는 뜻이었다.

정환직은 밀조를 품고 어전을 물러 나왔다. 그는 바로 관직을 사퇴하고, 집으로 돌아와 큰아들 용기를 불렀다. 그리고 밀조를 꺼내 두 손으로 받쳐 들며 말하였다.

"나라가 처한 형세가 너무나 어지러워 존망이 경각에 이르렀으니 은혜를 입은 아비는 죽음으로써 그 은혜를 조금이라도 갚아야겠다. 오늘 임금께서 중대한 사명을 내게 내리셨다. 그러니 너는 고향 본가로 내려가서 나를 대신하여 집안일을 돌보도록 하여라."

의병을 일으켜 나라를 구하겠다는 결심을 아들에게 전하자 정용기는 슬피 울면서 아버지에게 말하였다.

"임금이 신하에게 한 부탁은 어버이가 자식에게 말한 것과 같은 것입니다. 가정을 지키는 일과 나라를 구하는 일을 어찌 나눌 수가 있겠습니까. 특히 이 중대한 일에는 젊은 사람들이 나서야 마땅합니다. 그런데 어찌 나이 드신 아버지께서 하시도록 보고만 있을 수 있겠습니까. 이번 일을 저에게 맡겨 주시면 힘을 다하겠습니다."

정환직은 목숨을 내놓아야 하는 것을 뻔히 알면서 그 일을 차마 아들에게 넘길 수가 없었다. 그러나 정용기도 물러서지 않았다. 정용기는 사흘간을 아버지 앞에 엎드려 간청하였다. 너무나 간절했기 때문에 정환직은 아들을 끝내 물리치지 못하였다.

"그러면 이렇게 하자꾸나. 나에게는 서울 동지들과 세운 계획이 있다. 성패를 예측할 수는 없으나, 먼저 매국노들을 없애고 거국적인 항일 운동을 일으킬 테니 너는 내려가서 영남에서 뜻을 같이하는 젊은이들을 모집하여 오너라. 나는 가능한 한 많은 군비를 마련하여 황실을 옹호하고 전국에 격문을 뿌려 뜻있는 사람들을 모아 보겠다."

"아버지 말씀에 따르겠습니다. 그러나 걱정이 전혀 없는 것은 아닙니다. 영남은 지난 수백 년 동안 문사를 높이 여기고, 무사들을 업신여긴 나머지 의지나 의기가 유약해진 것은 아닐까 합니다."

"미리 걱정할 필요 없다. 영남은 산천이 험악하여 포수가 많다. 그들 모두 총기를 지니고 있으며, 따로 훈련을 시키지 않아도 능숙하게 총기를 다룰 수 있을 것이다. 그들을 모집하면 무기도 함께 모이게 될 것이고. 부대를 편성한 뒤에는 각 지방 군기고에 보관된 무기를 이용하도록 하여라. 어차피 우리 무기를, 나라를 위해 우리가 차지하는 것이니 옳은 일이 아니겠느냐."

정용기는 영천으로 내려와서 의진에 참여할 군사 모집에 나섰다. 영남 곳곳을 다니다가 마지막으로 최세윤을 찾았다.

발 없는 말이 천 리를 간다더니 최세윤에 대한 소문은 영천까지 전해졌다. 짓눌린 삶에서 헤어나려는 동학 도인들을 보은까지 다녀오게 한 일, 안동의진에서 아장으로 활동한 일들을 영천에 내려온 정용기 귀에도 들어왔다. 그는 성실한 성품과 전략을 가진 최세윤이 꼭 필요했다.

정용기가 정순기를 돌아보며 씽긋 웃었다.

"서로 얼굴은 알고 있지요."

최세윤이 인사하고 나자 정용기가 조심스럽게 말을 꺼냈다.

"이야기가 좀 길어지겠습니다만 저희 아버지께서……."

그들은 의병 봉기를 앞두고 함께 의논하고 싶어 했다.

정용기가 그동안 있었던 일을 자세히 들려주고 나자 정순기가 넌지시 마음을 흔들었다.

"최 아장께서도 큰 뜻을 가지고 의로운 일을 준비하고 계시다는 소문을 듣고 찾아왔습니다. 함께 일을 도모하는 것이 어떻겠습니까? 정환직 어른께서도 간곡히 부탁하셨습니다."

최세윤은 가만히 고개를 끄덕였다.

"의관 어른께서는 언제쯤 내려오시오?"

"아버지께서는 내려오시지 않습니다. 서울에 계시면서 저희가 서울로 진군해 오기를 기다리고 계십니다."

최세윤은 정환직이 쓴 글을 여러 편 읽고 있었다. 그래서 오래전부터 꼭 한번 만나고 싶었다.

"그 어른이 쓴 글을 몇 편 접할 기회가 있었습니다. 조선 침략의 앞잡이였던 오토리 게이스케(大鳥圭介)가 갑오년에 궁궐을 불태우고 재물을 약탈했을 때 격분하여 발표하신 '격일장대조규개(檄日將大鳥圭介)'를 수차례 읽고 음미했습니다. 어디 그뿐입니까. '일병의뢰반대소(日兵依賴反對疏)'는 이번 사태를 예견하시고 일본 군대에 의지하려던 자들에게 그 부당함을 낱낱이 얘기하고 꾸짖은 것이었지요. 그 글을 다 외울 정도로 읽고 또 읽었습니다."

네 사람의 이야기는 끝날 줄을 몰랐다. 그야말로 의기투합이었다. 네 사람은 연거푸 손을 굳게 잡으며 결의를 다졌다. 최세윤은 그들이 너무나 반가웠다. 봉기 기회를 기다리다가 지쳐갈 무렵에 찾아온 사람들이었다. 꽉 막혔던 일이 일시에 풀리는 기분이었다.

밤이 오기를 기다렸다. 섣불리 바깥으로 나갈 처지가 못 되었지만 밤이 되자 최세윤은 그들만 보낼 수가 없어서 옷을 갖춰 입고 아예 그들과 함께 영천으로 넘어갔다. 같은 뜻을 갖고 모여든 사람들 얼굴이라도 보아야 두근대는 가슴이 가라앉을 것 같았다.

흥해에서 천곡사 뒷산을 넘어 기계, 한티재를 지나 영천으로 가는 길을 택했다. 가장 빠르고 안전한 길이었으나 재를 두 개나 넘어야 했고, 골짜기를 타고 오는 세찬 바람은 숨쉬기도 힘들게 했다. 그러나 함께 걷는 발걸음에는 힘이 넘쳤다. 영천 보현산에 도착한 최세윤은 모인 사람들과 밤을 새워 이야기를 나누었다. 또 그곳에서 최세윤은 너무나 반가운 얼굴을 만났다.

"아장 어른, 인사드립니다. 저는 홍구섭이라고 합니다. 제 아버지가 병 자, 태 자 쓰십니다."

최세윤은 한참 동안 입을 다물지 못하고 굳어져 있었다.

"홍병태 부장, 그래 선봉장 홍병태! 그 아들이란 말인가?"

"예, 그렇습니다. 아버지 장례 때 저를 꼭 안아 주셨지요."

최세윤은 다시 그를 힘껏 안았다. 전사한 아비 시신 앞에서 눈물만 뚝뚝 흘리며 울음소리를 내지 않으려고 이를 악물던 작은 아이였다. 그런데 언제 자랐는지 최세윤보다 한 뼘이나 더 큰 청년이 되어 있었다.

"고맙네, 고마워. 이렇게 잘 자라 줘서 고마우이."

자꾸만 등을 쓰다듬었다. 안동의진에서 함께 싸우다가 전사한 홍병태 부장의 아들을 만나다니 꿈만 같았다. 홍병태가 살아 돌아온 것처럼 반가웠다.

"꼭 한번 뵙고 싶었습니다. 그때 주신 격려 말씀이 저에게 큰 힘이 되었습니다."

홍구섭 얼굴에 선봉에 서서 죽음을 두려워하지 않고 전투를 독려하던 홍병태 모습이 그대로 얹혀 있었다. 아버지 뒤를 이어 의병으로 나선 그가 대견스럽고 한편으로는 미안했다.

"미안하네. 우리 어른들 잘못으로 자식들이 그 고통을 이어 받고 있네."

마음이 아려 왔다.

군사를 모으는 방법과 의거 날짜, 조직을 일차적으로 협의 하였다. 서울 진공을 위한 군사 이동로를 찾기가 어려웠다. 영 남에서 서울로 가는 길은 험악한 재가 가로막고 있었다.

누군가 병사들 부상을 염려하였다.

"고갯길도 그렇지만 일본군과 진위대의 공격을 막아 내는 일도 만만치 않을 것입니다. 무엇보다 서울에 가까이 갈 때까 지 다치는 사람이 없어야 합니다."

전투가 벌어지면 다치지 않을 수 없었다. 일본군은 기관총과 야포를 비롯해 개인 장비까지 신식 무기였다. 더구나 총기 호 송대와 호송병을 따로 두어 보급도 신속하게 이루어졌다.

"진위대는 걱정하지 않아도 될 거요."

"걱정하지 않아도 된다는 정보라도 있소?"

어둠 속이었지만 모두 소리 나는 쪽으로 눈길을 돌렸다.

"진위대 소속 병사들이 의진에 입진하는 일이 많아졌대요."

"오호, 그런 일이? 하기야 그들도 조선 백성이지요."

토론 끝에 동해안을 따라 진격해 가자는 쪽으로 결론이 났다. 동해안을 따라 강릉까지 진격하여 대관령 넘어 서울로 가기로 하였다. 험악한 재도 없고, 바다를 따라 이어지는 마을에서 군량미 조달도 가능할 것 같았다. 흥해 지역은 최세윤, 영해 지역은 신돌석 의진이 든든하게 세를 이루고 있다는 게 큰 힘이었다.

동쪽 하늘이 밝아 오고 있었다. 모두 흥해 지역의 지원을 크게 기대하는 눈치였다. 최세윤은 어깨가 한껏 무거워짐을 느꼈다. 그러나 피할 생각이 없었다.

"죽음으로써 나라를 되찾읍시다."

"왜적을 이 땅에서 몰아내고 나라를 바로 세울 때까지 싸웁시다."

정용기가 선창하자 모인 사람들이 뒤따르며 마음을 다잡았다. 비록 숨을 죽이며 낮은 소리로 입을 모았지만 국권 회복에 대한 의지는 바위처럼 단단했다. 이틀을 정용기 일행과 함께 보낸 최세윤은 기쁜 마음으로 돌아왔다. 그는 오로지 거의로 빼앗긴 나라를 찾아야겠다는 생각뿐이었다.

최세윤은 흥해와 청하, 청송 등지에서 뜻을 함께해 온 사람들에게 은밀히 연락을 취하였다. 밖으로는 움직임이 드러나지 않게 하려고 무진 애를 썼다. 낮에는 집 밖으로 나가지 않았다. 그런데도 진위대와 일본 군경의 감시는 더욱 심해졌다. 몇

몇 연락책이 모일 때도 골패 놀음을 가장했다. 거의 결의를 다 지면서 영천 정용기 진영에서 소식이 오기를 기다렸다.

드디어 영천에서 기다리던 연락이 왔다. 거의 날이 정해졌다 고 했다. 그런데 하필 이때 종창이 최세윤 온몸을 뒤덮고 있었 다. 고열과 동통으로 하루에 수십 차례 정신을 잃기까지 했다. 원인을 알 수 없는 심한 종창이었다. 엎친 데 덮친 격으로 임신 칠 개월이 된 아내도 해소와 천식으로 몸을 가누지 못하였다. 아내가 몸져눕자 어린 자식들 몰골은 거지꼴이나 크게 다를 바 없었다. 철석같이 다지고 다졌던 거의 약속을 배신하는 것 만 같아서 애가 탔다. 그러나 몸을 움직일 수 없으니 어떻게 해 볼 도리가 없었다. 산남의진이 기치를 올리는 날, 최세윤은 결 국 참석하지 못했다.

1906년 3월, 산남의진 기치 아래 모여든 의병은 천여 명을 헤아렸다. '산남(山南)'이란 문경새재 남쪽 지역으로, 영남을 뜻하였다. 초대 의병장에 정용기가 추대되었다. 정용기 대장을 중심으로 내지르는 함성과 기세가 하늘을 찌를 듯했다. 모두 죽을 각오로 서울 진공 작전 승리를 다짐하였다.

최세윤은 분신과도 같은 정래의를 보내어 동참을 알렸다. 성공적인 의진 결성 소식에 온몸이 떨려 왔다. 그러나 그들과 떨어져 있는 자신이 너무나 초라하고 원망스러울 뿐이었다. 하루에도 수차례 가슴을 치며 울분을 토했다. 종창과 동통은 가라앉지 않았다. 온몸을 쑤셔 대는 아픔은 숨이 막힐 것처럼 괴로웠다. 몸과 마음이 모두 망가지고 있었다.

'차라리 죽는 게 낫겠네.'

괴로움으로 몸을 뒤척이고 있는데 찬 바람처럼 누군가 들어섰다. 어둠이 채 걷히지 않은 첫새벽이었다.

"쉿! 놀라지 마십시오."

정순기가 입부터 막았다. 온몸이 얼어 있었다. 삼 월의 찬 바람을 맞으며 밤새 달려온 모양이었다. 그는 문틈으로 밖을 살피며 정용기가 보낸 편지를 건넸다. 최세윤은 아픈 몸을 간신히 일으켜서 새벽빛에 편지를 읽었다. 간절한 마음으로 기다리고 있다며 빨리 달려오라는 글이었다. 편지를 다 읽은 최세윤은 길게 한숨을 내쉬었다. 눈물이 왈칵 쏟아졌다. 자신이 처한 형편이 한없이 미웠다. 그때까지 정순기는 한마디도 하지 않았다. 아픈 몸을 뒤척이는 최세윤을 묵묵히 바라만 보고 있었다.

최세윤은 숨을 가쁘게 내쉬었다. 그런 가운데서도 의복을 정갈하게 갖추어 입고 윗목으로 밀쳐 두었던 서상을 당겼다. 쌓여 있는 먼지를 닦고 먹을 정성껏 간 뒤 종이를 펼쳤다. 붓을 들어 참석하지 못한 까닭과 안타까운 심정을 하얀 종이 위에 적어 나갔다.

사모하는 회포 간절하옵던 차에 글월을 받자오니 위안이 되고 기쁩니다. 삼가 살펴옵건데, … 세윤은 설을 쇤 뒤로 종창이 온몸에 퍼져서 자리에 누운 지가 수십 일이요, 출입을 하지 못한 게 한 달에 가깝습니다. 그리고 또 내자가 일곱 달째 되는 임부로서 해소와 천식에 속이 답답한 증세가 날마다 병발되어 정신을 차릴 수 없는 처지입니다. 약속한 모임에는 마땅히 지시에 의하여 참석해야 할 것이지만 병이 이와 같으니 어떻게 움직일 수 있겠습니까. 저와 같은 미약한 존재는 참석하고 않는 것이 아무 관계가 없겠습니다만 다만 한스러운 것은 높으신 가르침을 저버리는 것뿐입니다. 이번 출진에 방책이 이미 서 있지 않은 것은 아니겠지만, 모든 일을 신중하고 치밀하게 해서 웃음거리가 되지 않는 것이 어떻겠습니까. 언제나 상대방 동정을 살펴야 하며 경솔과 조급은 금물입니다. 성찰이 있으시길 간절히 바랍니다. 다른 것은 생각에 맡기겠습니다.

붓을 내려놓기조차 어려울 만큼 손이 심하게 떨렸다. 편지를 정성껏 접어 정순기 손에 맡겼다.

"면목 없소."

최세윤은 눈물을 글썽이며 정순기 손을 움켜잡았다.

"병세가 이렇게나 위중한 줄은 몰랐습니다."

정순기도 안타까운 얼굴로 최세윤을 바라보았다.

"미안할 따름이오."

"병부터 다스리십시오. 저희는 함께할 날을 고대하고 있겠습니다."

"노파심에 쓸데없는 말을 뒤에다 조금 붙였소. 걱정되어서 그런 것이니 너무 괘념치 말아 주시오."

최세윤은 숨을 몰아쉬며 눈물을 훔쳤다.

최세윤이 보낸 편지를 받아 든 정용기는 한참 동안 말을 하지 못했다. 의진에는 최세윤이 꼭 필요했다. 안타까웠지만 몸을 추스르면 언제라도 달려올 사람임을 알고 있었다. 비록 누워 있어도 몇 사람 몫을 너끈히 해 줄 거라고 굳게 믿었다. 그래서 최세윤에게 흥해 지역 활동 책임자의 임무를 맡겼다. 최세윤은 그것을 물리치지 않았다. 흥해 고을은 손바닥 들여다보듯 샅샅이 알고 있었다. 어떤 일이라도 감당해 낼 수 있었다.

간신히 걸음을 옮기게 되자 최세윤은 바로 바깥나들이를 시작했다. 병사와 군자금 모집이 급했다. 다행히 고을 아전으로 살았어도 인심을 잃지 않은 덕분에 활동에는 비밀이 보장되었고, 성과는 이어졌다.

"이보게, 나라를 일본에 빼앗기게 되었네. 수천 년 동안 대를 이어 살아오던 터전을 간악한 왜놈에게 빼앗기고 어떻게 살아간단 말인가. 나라를 되찾아야 하지 않겠는가. 우리 얼과 혼이 살아 숨 쉬는 이 금수강산을 우리 자손들에게 물려주는 것이 도리가 아니겠는가 말일세."

"자네 말이 맞네. 당연한 말이네. 나 또한 분노를 참을 수가 없네그려. 도움이 된다면 내 미약한 힘이나마 보태겠네."

이웃들도 하나같이 최세윤이 하는 일을 돕고 나섰다. 일본 군경과 진위대가 감시와 간섭을 했지만 그는 활동을 멈추지 않았다. 일본군이 중심인 수비대와 분견소에서 일어나는 작은 움직임까지 정용기 대장에게 전달하였다. 흥해, 청하 지역에서 작전을 미리 꾸미는 통모, 병사를 모집하는 모군, 군자금을 운반하는 운량관으로서 역할을 다하였다. 그러나 직접 전장에 나가지 못하는 게 늘 마음을 무겁게 했다.

10. 모군 담당

거의 한 지 보름이 넘어갈 무렵이었다. 의진 소식이 몹시 궁금하였다. 모군을 위해 온종일 돌아다녔더니 몸이 천근만근이었다. 끙끙대며 일찌감치 잠자리에 들었다. 그런데 왠지 이상한 느낌이 들었다. 다시 옷을 챙겨 입고 아내와 아이들이 잠든 방문 앞으로 가서 귀를 기울여 보았다. 산달이 가까워진 아내 숨소리에도 귀를 기울여 보았다. 별일이 없는 듯했다. 마당으로 내려서서 사방을 두리번거렸다.

'아직 병에서 벗어나지 못한 탓인가?'

그러고 보니 이마에서 진땀이 흐르고 있었다. 땀을 훔치는데 으슬으슬 한기가 들면서 현기증까지 났다.

'왜놈과 맞서 싸우는 사람들도 있는데 이 무슨 꼴인가.'

스스로 생각해도 민망하여 얼굴이 붉어졌다. 두 팔로 몸을 감싸며 방문을 여는데 누군가가 등을 밀치며 따라 들어왔다.

"누, 누구요?"

"정용기올시다."

장영 도소에 있어야 할 대장 정용기가 찾아온 것이었다.

"아니, 여기까지 어떻게……. 혹시 의진에 무슨 일이라도?"

반가움보다 먼저 가슴이 덜컥 내려앉았다.

"'짐은 화천지수를 원한다.'는 밀지에 따른 우리 두 사람의 약속을 다시 확인하고 싶어서 왔습니다."

정용기는 방에서도 가장 구석진 자리에 가서 앉았다. 어둠에 몸을 감추는 게 버릇이 된 듯했다. 최세윤은 그 모습이 너무나 안타까웠다. 함께하지 못하는 자신이 죄인 가운데 죄인이라는 생각에 고개를 숙였다.

"미안합니다."

"아닙니다. 보내 주시는 군자금이 큰 도움이 되고 있습니다."

"군자금이랄 것도 못 됩니다. 부끄럽고 죄스러울 따름입니다."

"긴말할 수가 없네요. 직접 만나서 의논할 일이 있어 이렇게 찾아왔습니다."

정용기가 서둘렀다.

"저희 집 가산을 정리했습니다. 거기에 최 공께서 보내 주신

자금을 보태어 서울에 계신 아버지께 보냈습니다. 아버지는 그 자금을 들고 제물포로 가실 겁니다."

서울에 남아 있던 정환직은 무기를 사러 은밀히 인천으로 가서 중국 상인들을 만난다고 했다. 중국 상인들은 몰래 국경을 넘나들면서 신식 무기를 팔고 있었다. 정환직은 자금이 만들어지는 대로 무기를 사들였다. 이를 다시 믿을 만한 사람들을 고용하여 은밀히 강릉으로 실어 날랐다.

"우리가 의논한 강릉을 통한 진공 작전을 이미 정환직 어른에게도 전하셨다는 말입니까?"

"그렇게 볼 수도 있습니다만, 아버지께서도 이미 북진은 동해안을 따라 하는 게 좋겠다고 생각하고 계셨습니다. 저희와 생각이 일치한 것이지요."

병법을 조금이라도 알면 누구나 그런 생각을 하기 마련이었다. 많은 병사가 대구, 상주나 새재를 거치게 되면 일본군이나 진위대의 감시를 피할 수 없기 때문이었다. 동해안을 따라가면 강릉까지는 어쨌든 신속하게 움직일 수 있었다. 정용기는 바로 그 계획을 실천에 옮기기 위하여 최세윤을 찾아온 것이었다.

"그렇다면 그 계획을 바로……?"

"그렇습니다. 관동까지 진격로에 밝은 사람이 누구겠습니까. 아직 완쾌되시지 못한 것도 알고 왔습니다만, 나서 주셔야겠습니다."

최세윤은 잠깐 생각했다. 종창이 아직 완쾌되지 않았으며 아내가 산달이었다. 집을 떠나고 나면 아내 혼자서 어린아이들을 데리고 아기를 낳아야 했다. 망설여졌다. 머리가 무거웠다. 그러나 이내 그런 생각을 떨치려고 거세게 고개를 흔들었다.

"제가 나서야 한다면 왜놈들 총구 앞이라도 나가야지요."

정용기가 급히 팔을 내저으며 더욱 낮아진 소리로 말했다.

"아닙니다. 지금 몸 상태로 진중에 오시면 오히려 저희가 어려워집니다. 오늘 온 것은 모시러 온 게 아닙니다."

"그게 아니시면?"

정용기는 마음이 급해지는 모양이었다. 빠르게 말을 이어 나갔다.

"힘드시겠지만 우리가 안전하게 이동할 수 있도록 길을 살펴 주시고, 왜놈들 움직임도 알아봐 주셔야겠습니다. 우리는 자호천을 거슬러 죽장으로 진격할 것입니다. 그곳에서 영해로 이어지는 길을 만들어 주세요. 영해에서 신돌석 의진과 연합하여 강릉까지 갈 수 있다면 좋겠습니다. 신돌석 의진과 합진하는 일까지 공께서 맡아 주세요."

정용기는 가슴에 품고 온 이야기를 다 쏟아 놓고는 최세윤을 바라보았다. 불을 켜지 않은 캄캄한 방에는 말소리만이 빠르게 오고 갔다.

최세윤은 정용기에게 가까이 다가앉았다.

"제게 주신 임무 차질이 없도록 하겠습니다."

그때였다. 뒤쪽 봉창에서 인기척이 났다.

"대장님, 어서 피하셔야 합니다!"

최세윤은 시렁에서 이불을 끌어 내려 바닥에다 활짝 펼치고 누웠다. 그사이에 정용기가 옆문으로 빠져나갔다. 이내 마당이 부산스러워졌다. 왜놈들이 냄새를 맡고 들이닥친 것이었다. 그들이 방문을 열고 안으로 들어오기를 기다렸다. 정용기가 피할 수 있는 시간을 벌기 위해서는 그들을 방에다 붙잡아 두어야 했다.

그런데 느닷없이 비명 소리가 들렸다.

"아이고, 사람 살려. 사람 살려요!"

최세윤은 깜짝 놀라 마당으로 달려 나갔다. 어둠 때문에 마당에서 일어나는 일들이 자세히 보이지는 않았다. 그러나 일본군과 놀란 이웃들 가운데 쓰러져 있는 사람은 아내가 분명했다.

아내가 배를 감싸 안고는 뒹굴고 있었다.

"이놈들아! 임신한 여자를 이렇게 놀라게 해도 되느냐? 아이고 배야!"

최세윤은 정신없이 달려가서 아내를 안아 일으켰다.

"정신 차리시오, 정신! 대체 이게 무슨 일이오?"

아내에게 막혀 있던 일본군 네댓이 방으로 뛰어 들어갔다.

"이놈들아! 밤중에 이 무슨 짓이냐?"

소리쳐도 소용없었다. 일본군은 사랑방과 아이들이 자고 있는 안방까지 샅샅이 뒤졌다. 놀란 아이들 울음소리가 어둠을 찢었다.

그들은 마당과 헛간 구석까지 뒤지고는 소리쳤다.

"아무것도 없습니다!"

"거, 이상하네. 내가 보현산 어귀에서 따라붙었는데. 분명 이 집에 들어갔는데."

일본군 뒤에서 얼쩡거리던 사람이 구시렁거렸다. 첩자가 분명했다. 최세윤은 그놈 얼굴을 자세히 보려고 했지만 어둠에 가려서 제대로 보이지 않았다. 아내를 일으켜 댓돌 위에다 앉혔다.

마침 흥해 주재소 순사가 눈에 띄었다.

"이보시오, 산모와 아이들이 있는 집에서 소란을 피우는 이유가 뭐요? 산모가 잘못되는 날에는 당신을 가만두지 않겠소. 즉시 경주 분견소로 당신을 처벌하라고 탄원할 거요!"

최세윤은 소리를 버럭 질러 놓고는 순사 앞으로 성큼성큼

다가갔다. 그들을 좀 더 붙잡아 두어야 한다는 생각에서였다.

난처해진 순사가 첩자의 뺨을 후려쳤다.

"뭐야! 잘못된 정보로 우리 일본 수비대를 모욕한 네놈을 가만두지 않겠다."

첩자가 휘청거리다 다시 몸을 바로 세웠다.

"틀림없어요. 내가 정용기 수괴 얼굴을 똑똑히 알아요. 그를 따르는 폭도들도 우리 이웃이라서 잘못 볼 리가 없다고요."

순사는 첩자 말이 끝나기도 전에 씩씩대며 돌아서 나갔다. 일본 군경도 그 뒤를 따라 나갔다.

일본 군경과 첩자 뒤꽁무니에 대고 마을 사람들이 욕을 퍼부었다.

"왜놈 세상이군. 누가 수괴고 폭도라는 거야."

"망할 놈! 왜놈 앞잡이 노릇 하는 놈이 할 소리는 아니지."

"그러게. 저런 자가 더 나빠. 저놈 이름이 정영필 맞지? 세상이 어떻게 되려는지."

"맞아요. 저놈이 온갖 고자질을 다 한대요."

이웃 사람들도 떠나고 마당이 잠잠해지자 울부짖던 아내가 얼굴을 바꾸었다.

"손님들은 잘 돌아갔겠지요?"

"아니, 그걸 알고 그런 것이란 말이오?"

아내는 피식 웃었다.

"마침 변소에 가는데 낯선 놈들이 우리 집을 기웃거리더군
요. 어둠 속으로 가만히 보니 그중 한 놈이 순사더라고요. 그
놈 뒤에는 총을 든 왜놈 군인이 보였고요. 퍼뜩 '사랑채를 노리
고 있구나. 큰일 났다.' 싶었지요. 앞뒤를 재고 말고도 없이 바
로 마당으로 나가 소리치며 뒹굴었지요. 오신 손님들 몸 피할
시간을 벌어야겠다는 생각뿐이었어요."

아내 말을 들으며 하도 어이가 없어 같이 웃고 말았다.

'정영필!'

이웃 사람들이 말하던 첩자의 이름을 되뇌어 보았다. 가물
가물한 기억 속에서 한 사람 얼굴이 떠올랐다. 동헌을 드나들
며 사또에게 줄을 대려고 얼쩡대던 사람이었다. 글도 읽고 땅
마지기까지 제법 갖고 살던 사람이었다. 그런 사람이 일본에
빌붙어 있다니 믿기지 않았다.

최세윤은 놀란 아이들을 하나씩 안아서 방으로 옮겼다. 아내
가 재치 있게 대응한 덕분에 위기를 넘겼다는 생각이 들었다.

'정 대장은 어디쯤 갔을까?'

시간을 가늠해 보았다. 도음산을 넘어 냉수까지는 갔을 것
같았다.

"밤기운이 쌀쌀하니 들어갑시다. 아이들도 재우고."

최세윤은 아내와 함께 방으로 들어가 놀란 아이들을 다독이며 곁에 누웠다. 곳곳에서 적들이 노리고 있다는 생각이 들었다. 걱정으로 잠이 오지 않았다. 빨리 몸이 낫기를 빌었다. 병사들과 함께 대관령을 넘어 서울로 진공하고 싶은 마음이 간절했다.

종사가 소식을 갖고 왔다. 관동을 향해 진군을 시작했다는 것이었다. 최세윤은 농사철이 겹치면서 흔들리는 병사들 마음을 다독여 주라는 전갈을 종사 편에 보냈다. 의진에 입진한 병사들 대부분이 농민이었다. 그들이 들판을 보는 순간 자연스럽게 논밭으로 마음이 갈 게 뻔했다. 평생 계절을 따라가며 들에서 살아온 이들이었다. 걱정되었다. 최세윤 말을 전해 들은 부장들과 정용기는 병사들을 따로 격려하고 마음을 다독여 주었다.

"백성이 편안한 나라를 세우기 위해서 우리가 거의한 만큼 농사는 남은 자들 몫으로, 우리는 의진 병사로서 몫을 다합시다."

의진은 천령산, 내연산, 동대산으로 이어질 수 있는 청하 방면 길로 접어들고 있었다. 최세윤과 여러 차례 길을 밟아 보았던 소모장 정순기가 길 안내를 맡았다. 최세윤이 정순기에게 단단히 일러 준 말은 전투보다 강릉까지 진출하는 일에 집중

하라는 것이었다. 강릉에서 정환직을 만나 신식 무기를 지원받아 서울로 진공하는 것이 최종 목표였기 때문이다. 그러기 위해서는 진위대나 일본 군경과 교전을 피해야 했다. 그래서 애써 야간에 험한 산길을 이용하였다. 그러니 이동이 더딜 수밖에 없었다.

4월 중순, 의진이 출진한 지 한 달여 지났을 무렵이었다. 아픈 몸도 그렇지만 진군이 한 달을 넘기면서 초조함이 더해지고 있었다. 농사철과 겹치면서 이탈자가 생겨나고 있다는 소식이 전해졌다. 걱정거리가 또 전해졌다. 합진하려고 했던 신돌석 의진이 울진 장호관을 먼저 공격하였으나 이를 알아챈 원주 진위대가 지원 출동하는 바람에 크게 패한 뒤 청송군 진보로 물러났다는 소식이었다. 거의도 어렵지만 진군도 어려웠다.

'청하는 어찌 지난다고 하여도 신돌석 의진이 비운 영덕 지역은 어떻게 지나야 하는가. 이동로를 바꾸어야 하나?'

최세윤은 고민에 빠질 수밖에 없었다. 초조하고 불안한 나날이 계속되었다.

11. 계략에 빠지다

"처사님! 몸은 좀 어떠시오?"

어스름 저녁에 원학 스님이 찾아왔다. 참으로 오랜만이었다. 원학 스님 역시 타고난 떠돌이였기에 천곡사 법당을 가만히 지키고 있지 못하였다.

"어서 오세요, 스님."

몸을 몇 차례 뒤척여 간신히 일어나 앉았다.

"방구석 귀신 되기로 작정하신 건 아니지요?"

"그럴 수는 없지요. 그동안 어디 먼 길 다녀오셨습니까?"

원학 스님은 방을 휘이 둘러본 뒤 최세윤과 마주 앉았다.

"처사님, 마음이 여전히 어지럽군요. 그 증세가 몸으로 나타났나 봅니다."

"그게 무슨 말씀이신지요?"

"어허, 처사님도 이미 알고 계실 텐데요."

원학 스님은 엉뚱한 말을 늘어놓으며 빙그레 웃기까지 했다.

"제가 꾀병이라도 부린다는 말씀 같습니다."

원학 스님은 잠깐 말을 끊더니 다른 이야기를 꺼냈다.

"처사님은 양반이오, 양민이오?"

"……?"

최세윤은 원학 스님이 이야기하는 의도를 몰라 뜨악한 눈으로 바라보았다.

"혹시 그들과 맞닿기를 꿈꾸며 글공부하신 거 아니오?"

불쾌한 감정이 올라오고 있었지만 내색할 수는 없었다.

"무슨 이야기를 하시려고 스님답지 않게 말씀을 비트십니까."

스님은 크게 한 번 웃고는 다시 얼굴빛을 바르게 했다.

"처사님, 십여 년 전 기억나세요? 그들과 생각이 같다고 하시고는 보은에 따라나서지 않은 까닭이 무엇입니까? 사인여천, 사람마다 한울님이 계시기에 사람은 다 귀하게 여김을 받아야 한다는 그 말씀이 참 옳다고 하셨지요. 옳다면 당연히 함께 가서서 귀한 목숨 다치지 않게 하셨어야지요. 그런데 가시는 것에는 망설이셨지요. 처사님 탓은 아닙니다만 그때도 몇몇이 상했지요."

원학 스님은 이야기를 끊고는 길게 숨을 내쉬었다. 돌아가신 분들을 생각하는 듯했다. 최세윤은 맞설 말을 찾지 못했다.

"동학 도인이라는 소리 들을까 겁났겠지요. 처사님은 선비고 유학자였으니까요. 그게 처사님을 당당하게 만들어 준다고 생각하셨겠지요."

"꼭 그렇다기보다……."

최세윤은 더듬대며 무슨 말이든 꺼내고 싶었다. 그렇지만 마음처럼 말이 나오지 않았다.

"안동의진에선 마음이 편하셨습니까. 인근 고을에서 뜻있는 분들이 모여들었을 때 망설이고 망설이던 분이 척암 김도화 대장 부름에는 바로 달려가셨지요. 그곳에서는 양반 대접해 주던가요? 처사님은 애써 지우려고 하셨겠지만 그곳 역시 처사님 마음에는 편하지 않았을 겁니다."

생각지도 않았던 원학 스님의 말이 최세윤을 헤집었다. 가슴 한쪽에 애써 눌러두었던 다른 마음 하나가 끌려 나왔다. 울컥 설움이 북받쳤다. 안동의진에서 장령들이 자기를 보던 눈빛이 떠올랐다. 아장 대접을 하지 않으려는 말투에 크게 관심 두지 않으려고 했다. 그들이 보기에 최세윤은 사대부 출신이 아닌, 그냥 글 읽을 줄 아는 한낱 평민에 불과하였다.

최세윤은 토혈하듯 울컥울컥 속을 뱉어 냈다.

"그렇게나 제 모든 걸 꿰뚫고 계시는 분이 왜, 그냥 보고만 계셨습니까? 그럼 이제 저는 어떡하면 좋습니까? 말씀해 보세요."

"체면 다 내려놓으시고 마음 가는 대로 하세요. 마음에서 얽힌 갈등이 병증으로 나타난 것입니다."

스님 말소리가 잦아들었다. 마치 큰 강물처럼 흐름이 잠잠해 졌다. 최세윤은 그 속으로 가만히 빠져들었다. 지나간 시간이 빠르게 되감기고 있었다. '나'와 다른 '나'가 '나'를 지배하고 있었다. 그 단단한 껍질 속에 가두어 놓았던 진실한 '나'가 밖으로 터져 나오고 있었다. 바로 온몸을 뒤덮은 종기였다. 눈물이 쏟아졌다. 그대로 이마를 방바닥에 대고 한참을 엎드려 있었다.

"소승이 처사님 마음을 해친 것 같소. 이러려고 온 게 아닌데 너무 속이 상한 나머지 이야기가 빗나갔네요. 시간이 급한 게 따로 있답니다."

가까스로 진정한 최세윤이 몸을 세웠다.

"신돌석 의진이 두 번이나 크게 패했소. 지금 진보에서 쫓기고 있는데 지원이 시급합니다."

"진보로 퇴각한 걸로 아는데, 그곳에서 또 쫓기다니요? 어떻게 그런 일이! 자세히 말씀해 주십시오."

신돌석 의진은 산남의진이 출진한 지 이레 뒤인 3월 13일 영덕 축산에서 거의했다. 일본군은 대규모 병력 이동을 위하여 도로망이 좋지 않은 육지보다 편리한 수운을 활용하였는데, 동해안 지역에서 침략 전진 기지로 삼은 곳이 울진 장호였다. 신돌석 의진은 거의한 뒤 첫 공격 목표를 당연히 장호에 있는 일본군 기지로 잡아 의기만 믿고 공격에 나섰다. 그러나 이를 눈치챈 원주 진위대가 지원 출동하면서 신돌석 의진은 청송 진보로 후퇴한 것이었다. 여기서 다시 전열을 가다듬은 신돌석은 내륙 지역인 의성을 공격하기 위해 청송 이전평으로 이동하였는데 이 정보를 알아낸 안동 진위대의 기습 공격을 받고 다시 쫓기게 되었다. 위기에 빠진 신돌석 의진은 사방으로 도움을 요청하였다.

최세윤도 마음이 급해졌다.
"가장 가까이 있는 의진이 지원에 나서야지요."
원각 스님이 덧붙였다.
"퇴각할 곳도 정하지 못한 채 당황하고 있답니다."
최세윤은 진보로 후퇴한 것이 두 번째 패전을 불러온 원인이라는 생각이 들었다. 신돌석은 자신이 안동의진 경험이 있어서 그쪽을 택했는지 모르겠지만 병사들은 대부분 영해, 영덕 출신이었다. 그러므로 영해 지역 지리는 손바닥 들여다보듯 환하지만 진보는 이웃이긴 하지만 지형이 낯설었다. 낯선 지형지물을 활용한 전투는 불리하기 마련이었다.

"영해로 가야 합니다. 그 이유는……."

최세윤이 '영해'라고 하자마자 원학 스님이 바로 말을 끊었다.

"이유까지 들을 시간이 없네요. 그러면 이렇게 합시다. 신돌석 의진에는 영해로 철수하라 하고, 가까운 산남의진에는 영해로 가는 길목에서 신돌석 의진을 지원해 달라고 하면 될까요?"

원학 스님이 서둘러 말 매듭을 지었다.

"어떻게 전하시려고요."

"신돌석 의진에는 제가 지금 가겠습니다. 산남의진에 지원 요청하는 일은 아무래도 처사님이 맡아 주셔야겠습니다."

스님은 바로 자리에서 일어나 방을 나서다 걸음을 멈추고는 고개를 숙였다.

"처사님! 제가 주제넘은 말을 했습니다. 너그럽게 용서하세요. 모든 일을 처사님 마음 가는 대로 하십시오. 마음에서 갈등을 풀어야 몸이 좋아지실 겁니다."

스님은 마당으로 내려서는 듯하더니 이내 바람처럼 사라졌다. 최세윤은 마치 몇 시간 동안 헛것을 마주한 듯했다. 최세윤은 곧바로 정래의를 불렀다. 정래의는 의진에 참여했다가 농사일이 급하여 잠깐 일을 보러 와 있었다. 정래의에게 신돌석 의진이 겪고 있는 상황을 전하고 지원 요청을 부탁했다.

"정용기 대장이 지원할 걸세. 다른 장령들이 반대라도 하면 정순기에게 알리게. 도와줄 걸세."

정래의는 지체 않고 산남의진으로 달려갔다.

정래의를 보낸 후에도 최세윤은 자리에 누울 수가 없었다.

'마음에서 먼저 갈등을 풀어야……. 나는 뭘 기다리며 지금껏 살았단 말인가?'

원학 스님의 말이 머리를 어지럽혔다. 어정쩡한 생각이 늘 그런 처신을 하게 했다. 설움이 가슴 밑바닥에서 올라왔다. 어금니를 악물고 울었다. 얼마나 울었을까. 고개를 쳐들었다. 속이 시원했다. 거짓뿐인 체면을 벗어던졌다. 자신은 한낱 백성일 뿐이라는 생각이 마음을 깃털처럼 가볍게 해 주었다.

연락을 받은 산남의진은 신돌석 의진을 지원하기 위하여 진격로를 급히 바꾸었다. 1906년 4월 28일 새벽녘, 비학산 기슭 우각 마을에 이르러 병사들을 바위틈과 숲에 은폐하여 쉬도록 하였다. 날이 다시 어두워질 때까지 기다릴 참이었다.

그런데 느닷없이 낯선 사람이 나타났다.

"정용기 대장님을 뵙고자 합니다."

정용기를 비롯한 부장들은 모두 긴장하였다. 그가 진위대 복장을 하고 있기 때문이었다. 부장들은 은폐물에 몸을 숨기고 정용기와 찾아온 사람을 지켜보았다.

'의진의 이동 정보를 어떻게 알고 찾아왔단 말인가?'

이한구가 나서서 그의 앞을 막았다. 조금이라도 수상한 짓을 하면 바로 제압할 생각이었다. 그런데 그를 데려온 사람이 의진에 참여한 우각 마을 병사였다. 고향 가까이 온 김에 잠깐 식구들 얼굴 보려고 내려갔다가 돌아오는 길에 만났다고 하였다.

"무기도 없고, 함께 온 사람도 얼마 되지 않고요, 긴급히 전할 게 있다고 사정하기에⋯⋯."

"긴급히 전할 게 있다고?"

정용기는 순간 온몸이 긴장으로 굳어졌다. 멀리 산어귀와 골짜기 끝을 먼저 살폈다. 수상한 기미나 다른 무리는 보이지 않았다. 적이 안심되었다. 그렇다고 쉽게 긴장을 풀 수는 없었다.

"여기 서찰을 정용기 대장께 전합니다."

그는 재빨리 서찰을 꺼내면서 자신은 경주 진위대 소속 병사로서 신석호 대장의 명을 받고 왔다고 소개하였다. 이틀 전에 경주 진위대에 전달된 소식에 따라 급히 서찰을 전하게 되었다는 말도 덧붙였다. 이한구가 서찰을 받아 정용기에게 넘겼다.

존공 대인이 서울에서 체포되었습니다. 이를 해결할 수 있는 좋은 방법이 있으니 만납시다.

'존공 대인'이란 바로 정용기 아버지 정환직을 말하는 것이었다.

"아버지께서 잡혀 계신다니 무슨 말이오?"

"저희는 아는 내용이 없습니다. 진위대장님께서 정 대장님을 빨리 모셔 오라는 명만 주셨기에⋯⋯."

아버지가 잡혀 있다는 말에 정용기는 앞뒤를 따져 보지도 않고 바로 경주로 가야겠다며 서둘렀다. 중군장 이한구도 말릴 생각은 하지 않고 같이 가겠다고 나섰다.

"아닐세. 여기 일을 맡아 주시게."

아버지 일인 만큼 혼자 가서 해결하겠다며 기어이 주위 사람들을 물리쳤다.

그런데 경주 진위대에 도착하니 진위대장 신석호는 엉뚱한 말을 꺼냈다.

"나는 충성스러운 의사들이 쓸데없는 일로 목숨을 잃을까 걱정하는 사람입니다. 앞으로 나라를 위해 큰일을 하셔야지요. 그래서 거짓으로 공을 여기까지 모시게 되었습니다. 이해하여 주십시오."

계략이었다. 정용기는 속았다는 사실을 알고 신석호를 노려 보며 소리쳤다.

"네 이놈!"

정용기를 설득할 수 없다고 판단한 신석호는 곧바로 그를 체포하여 대구 경무서로 넘겼다. 정용기는 대구 경무서에 구금되었다가 대구 형무소에 수감되었다.

의진이 우각 마을에 도착했다는 연락을 받은 최세윤이 아픈 몸을 끌고 장영 도소를 찾았다.

최세윤이 의진에 도착했을 때는 이미 정용기 대장이 떠난 뒤였다.

"아뿔싸, 내가 한발 늦었구나."

"왜 그러시오. 무슨 일이라도?"

이한구가 바짝 긴장하였다.

"그 누구라도 믿을 수 없소. 첩자들이 사방에 들끓어요. 왜놈들은 조선인으로 조선인을 잡아들일 계략을 꾸미고 있소. 우리를 둘로 갈라놓으려고 별짓을 다 벌이고 있소."

이한구는 불길한 생각에 벌떡 일어섰다.

"이 일을 어떡하면 좋소?"

"정 대장이 우리 집에 오셨을 때도 첩자가 진위대와 일본 군경을 불러들였소. 오늘 심부름 온 자는 어떤 자였소?"

"진위대에서 왔다고 했소. 지금 와서 생각하니 정 대장을 진위대로 들여보낸 꼴이 되었소. 그때는 왜 생각을 못 했을까. 귀신에 씌었던 것 같소."

이한구가 가슴을 쳤다. 최세윤도 자꾸만 불안해졌다.

'정환직 대감이 잡혔다는 것도 그렇지만 경주 진위대에서 무슨 수로 서울서 잡힌 대감을 풀어 준단 말인가.'

찬찬히 따져 보니 믿을 수 없는 게 한둘이 아니었다.

최세윤은 정신이 번쩍 들었다.

"의진이 우각 마을까지 진출했다는 것은 어떻게 알았을까요. 그러고 보면 우리 정보가 노출된 게 분명합니다. 이러고 있으면 안 됩니다!"

"이러고 있으면 안 된다니요?"

이한구가 호랑이 같은 눈을 부릅뜨며 되물었다.

"병사들을 빨리 이동시킵시다. 찾아온 그자를 아는 사람이 있소?"

"아니오. 처음 보는 낯선 자였소."

최세윤은 고개를 끄덕였다.

"의진 위치가 노출된 것 같소. 진격로를 변경합시다. 다시 비학산을 넘어 오늘 밤은 고천에 머무시오. 거기서 정 대장 소식을 기다리다가 달산으로 이동하는 게 좋겠소."

이한구가 고개를 갸웃거렸다.

"정 대장과 연락은 어떻게 할 거요?"

"내가 여기에 남겠소. 이 부장은 병사들을 인솔하여 산을 넘는 게 좋겠소."

"알았소."

진위대와 일본군이 곧 들이닥칠 것만 같았다. 이한구는 장령들을 불러들여 이동로를 일러 주고는 바로 출발시켰다.

"너무 비관적으로는 생각하지 맙시다."

그 말에는 간절한 마음이 담겨 있었다. 그러나 그 바람은 허사가 되고 말았다. 저녁 무렵 정용기 대장이 체포되었다는 소식을 들었다. 이 소식에 산남의진 군사들은 몹시 당황하였다. 이한구가 의진 부서를 일부 개편하고 지휘에 나섰지만 여의치 않았다. 구심점을 잃은 병사들이 하나둘 흔들리면서 병력도 크게 줄어들었다.

마침 소모장 정순기가 병사들을 이끌고 본진으로 들어왔다. 그러나 병사들을 다 합쳐도 팔십여 명에 불과하였다. 지휘권을 위임받은 이한구도 흔들리기 시작했다. 달산으로 이동하여 청량사에 머물렀지만 불안했다. 이미 노출된 이동로에서 좀 더 멀어지고 싶었다. 다시 산을 넘어 청송으로 향하였다.

청송 진보에 머물면서 의진을 재정비하려고 했지만 그마저 뜻대로 되지 않았다. 초토관으로 임명된 지방 관리들이 나서서 거짓으로 회유했다. 이를 감당하지 못한 이한구는 장령들과 의논한 끝에 청송 진보에서 의진을 해산하기로 하였다.

"우리가 의병을 일으킨 것은 나라와 백성을 구하기 위한 것이오. 그런데 국록 먹는 관헌들이 나서서 우리를 탄압하고 거짓을 일삼으니 백성들이 옳고 그름을 구별하지 못하게 되었소. 이제 우리는 각자 돌아가서 백성들이 각성하는 그날 다시 일어나는 게 옳을 것 같소."

울부짖는 이한구의 말을 들으며 최세윤도 눈물지을 수밖에 달리 방법이 없었다.

'백성들이 각성하는 그날!'

병사들은 하나둘 흩어져 갔다. 최세윤은 하늘을 올려다보았다. 그날, 부디 그날이 빨리 오기를 간절한 마음으로 빌었다.

12. 정용기를 잃다

추수철이 되기 전, 최세윤은 잠깐 농사일이 뜸한 틈을 타 대구 형무소에서 풀려난 정용기를 찾았다. 마냥 손을 놓고 있을 수는 없었다. 일본군이 벌이는 야만스러운 압박이 점점 목을 조여 오고 있기 때문이었다. 의진 해산 과정에서 마음고생이 심했던 최세윤은 지니고 있던 병이 재발하는 바람에 심한 고통을 겪는 중이었다. 혼자서 영천까지 다녀올 자신이 없었다. 정래의와 정순기가 동행해 주었다.

"건강한 몸도 아니시면서 먼 길을 오셨군요."

정용기는 최세윤을 반갑게 맞이하였다.

"보는 눈이 많아서 때를 기다렸습니다. 몸은 좀 어떠신지요?"

서로 마주 절하며 안부를 물었다. 나누는 말보다 무겁고 답답한 마음들이 먼저 오갔다.

"몸이 아픈 건 참을 수 있습니다만 마음이 편치 않아서 견딜 수가 없네요."

정용기가 병으로 고생하는 최세윤을 위로하였다.

"때가 이를 때까지는 쾌차하셔야 합니다."

최세윤은 정용기의 얼굴을 찬찬히 살폈다. 푸석푸석한 얼굴에는 마음고생한 흔적이 고스란히 남아 있었다. 더 말을 꺼낼 수가 없었다. 한참 동안 말없이 서로 얼굴을 마주 보았다. 같이 간 사람들도 두 사람 눈치만 볼 뿐 말을 하지 않았다.

이윽고 정용기가 천천히 말을 꺼냈다.

"그냥 주저앉아 있는 저 자신이 용서되지 않습니다."

"몸부터 챙기고 생각하세요."

"저희를 믿고 따라 준 병사나 지원해 준 백성들 마음을 생각한다면 이렇게 있을 수는 없지요."

"그건 그렇습니다만 정 대장 몸이 이러니……."

최세윤은 혀를 끌끌 차면서 멀거니 바깥으로 눈을 돌렸다. 마침 가을을 부르며 매미가 떠듬떠듬 게으른 소리로 울었다.

"추수가 끝나야겠지요."

정용기도 매미 소리가 나는 쪽으로 눈길을 돌렸다. 그리고 또 한참 동안 말이 없었다. 그러나 말로 표현되지 않는 더 많은 약속과 다짐들이 서로 오갔다.

"하늘이 참 맑습니다."

최세윤이 싱긋 웃으며 마을 건너편 산마루에 걸린 하늘을 바라보았다.

"추수 빨리 끝내라고 하늘이 재촉하는 것 같소."

11월이 되자 이번에는 정용기가 사람을 보냈다. 발이 빠르고 항상 앞장서는 손영각이었다. 죽장 사람 손영각은 보현산과 흥해를 오갈 수 있는 길을 누구보다 환하게 알고 있었다.

"겨울을 넘기자고 전해 주시오."

최세윤은 추운 날씨가 걱정이었다. 군사들의 허술한 옷이 마음에 걸렸다. 사람이 먼저라고 생각했다. 허술한 옷과 신을 신고는 신속한 공격과 위기 대처가 어려웠다. 추위는 병사들에게 있어서 무시하지 못할 적이었다.

"정용기 대장께서도 그 점을 생각하고 계십니다. 지난번처럼 이쪽 흥해에서 용감한 병사들이 많이 참여할 수 있도록 도와 달라는 부탁도 있었습니다."

"그래야지요."

최세윤은 고개를 천천히 끄덕였다. 장상홍, 정래의, 이우정,

조성목, 김창수를 떠올렸다. 특히 모군에 앞장선 이규필의 얼굴이 오래 남았다. 이내 미안하다는 생각이 들었다. 대부분 최세윤을 믿고 따라와 준 사람들인데 자신은 그들에게 아무것도 해 준 게 없었다. 그뿐만 아니라 넉넉지 않은 살림을 털어 군자금을 지원해 준 이웃들 얼굴도 하나둘 떠올랐다. 백성들은 어려운 가운데서 목숨을 내놓고 나서는데 벼슬아치들은 진위대와 초토관으로 나서서 백성을 억누르고, 거짓으로 회유하고 있었다. 분노가 치밀었다. 문득 척암 김도화가 지난 동짓달에 을사늑약을 당장 폐기하라고 낸 상소문, 청파오조약소(請破五條約疏)의 구절이 목젖을 치받았다.

… 이는 임금만이 욕을 당한 게 아닙니다. 군주보다 중한 것이 사직이요, 사직보다 중한 것이 백성인데 장차 그 백성을 오랑캐 노예로 만드는 일입니다. … 저 오적이라는 자들은 짐승도 더러워서 먹지 않을 것입니다. … 그들에게는 용서받지 못할 죄가 셋 있으니 첫째는 나라를 팔아먹은 죄요, 둘째는 왜적과 은밀히 통한 죄요, 셋째는 임금을 협박한 죄입니다. …

묵묵히 최세윤 얼굴빛을 살피던 손영각이 어렵게 말을 꺼냈다.

"이번에는 함께하실 수……."

손영각은 말을 꺼내다가 아픈 다리를 보고는 말을 끊었다.

"어떤 방법으로든 함께할 것이오."

최세윤은 긴 한숨과 함께 동여맨 다리를 내려다보았다.

"개의치 마세요. 함께하고 싶은 마음이 앞서서 제가 괜스레 해 본 소립니다. 마음 편히 몸조리하십시오."

이야기 나누는 사이에 정래의와 장상홍이 달려왔다. 영천에서 손님이 왔다는 소식을 들은 모양이었다. 그들은 서로 반갑게 인사를 나누었다. 일 차 거의 때 아쉬웠던 기억들을 꺼내놓았다.

손영각이 돌아간 뒤에 최세윤은 정래의와 장상홍에게 부탁하려니 차마 입이 떨어지지 않았다. 직접 나서지도 못하면서 싸움터에 나갈 사람을 모으라는 말이 쉽게 나오지 않았다.

하지만 어쩔 수 없었다.

"미안하네. 연락책들을 모을 수 있겠는가?"

"걱정 마소. 우리가 통문을 돌리지요."

"몸조리나 잘 하소."

그들은 일본 군경과 초토관, 첩자들 눈을 피해 가며 흩어진 의병들과 알음알음 의기를 모아 나갔다.

푸설푸설 첫눈이 오는 날 밤, 눈길을 마다하지 않고 흥해와 신광, 청하 고을에 흩어져 살던 연락책들이 속속 모여들었다.

"미안하네. 내가 나서지 못하면서 나서 달라는 말을 꺼낸다는 게 온당치 않은 것은 알지만 어쩌겠나. 나라가 이 지경이니 백성들이 스스로 나서야 할 것이야."

최세윤은 먼저 미안한 마음을 솔직하게 털어놓았다. 그리고 다시 한번 힘을 모으자는 말을 했다.

"특히 정영필, 그자를 조심해야 합니다."

장상홍이 첩자 '정영필'을 거듭 밝히며 모인 연락책들에게 주의를 주었다.

"그자가 곧 순검 자리에 오른대요. 조심, 조심."

이웃 마을에서 온 연락책이 '조심, 조심'을 중얼거리며 먼저 골목으로 나갔다. 다들 그를 지켜보며 추녀 밑에 머물러 있었다. 그는 골목 아래위를 살피고는 헛기침도 두어 차례 해 보았다. 이상한 낌새가 없었다.

"가셔도 되겠소. 다들 조심합시다. 정영필 같은 놈이 한둘이 아니오."

그가 주는 신호에 따라 슬금슬금 사방으로 흩어져 갔다. 한참 뒤에 최세윤은 혼자 골목으로 나왔다. 고요한 골목 끝을 바라보며 다들 무사하기를 빌었다.

'정영필!'

일본은 갖가지 달콤한 조건을 내걸고 조선 사람을 회유하여 편을 갈랐다. 조선 사람으로 조선 사람을 지배하겠다는 속셈이었다. 정영필도 그런 사람 중 하나였다. 그는 벼슬이라도 얻은 듯 죄 없는 이웃을 잡아들이고, 칼을 차고 거들먹거렸다.

연락책들은 마을로 돌아가서 겨우내 의진에 참여할 병사들을 점검하고, 서로 의기를 모아 나갔다. 최세윤은 흥해, 청하, 영덕, 영해로 이어지는 길목에 배치된 주재소와 분견소의 위치, 병력의 움직임을 파악했다.

1907년 봄, 산남의진은 군세를 회복할 수 있었다. 5월에 강릉 도착을 목표로 다시 뭉친 산남의진은 진군을 시작하였다. 정환직과 연락하여 대관령을 넘으면 그날에 맞추어 경기 지방 의병들과 합세하기로 약속도 하였다. 날씨도 좋고 모든 게 순조로웠다. 그러나 산남의진이 움직인다는 정보를 일본이 모를리 없었다. 일본은 특히 신돌석 의진과 산남의진이 합세하여 동해안 일대로 세력을 넓혀 가는 걸 무엇보다 두려워했다. 그래서 일본군과 경찰은 두 의진이 합진하는 것을 저지하기 위하여 지원군까지 받으며 치밀하게 진압 작전을 준비하고 있었다.

산남의진 장령들도 일본 군경의 움직임을 주의 깊게 살피고 있었다. 첩자들 움직임에도 신경을 곤두세웠다. 지난번 실패를 거듭하지 않으려고 의진 전체가 각오를 단단히 하였다.

일 차 거의 때와 달라진 것은 소규모 부대 편성이었다. 최세윤은 보은 봉기 때 동학 도인을 보내면서 운용했던 부대 편성 전략을 가져왔다. 성공한 경험이 있었기 때문에 그는 이 작전을 자신 있게 제안할 수 있었다. 의진 전체가 한꺼번에 이동하다 보면 이동 속도가 느려지기 마련이었다. 더욱이 부대 노출도 피할 수 없었다. 그래서 열 명 단위로 구성된 소규모 부대 '초'를 두고, 초장과 연락 맡을 종사를 각각 임명하였다. 종사는 각 부대 사이를 빠르게 오가면서 위치와 상황을 알리고 나누게 하였다.

전투 방법 역시 적과 맞서 싸우는 교전보다 익숙한 지형을 이용하여 매복한 뒤 일본군을 기습하는 유격전을 중심으로 하였다. 이 작전은 성공적이었다. 영천, 신령, 청송, 흥해, 청하 등지에서 일본군 주재소를 습격하여 무기를 탈취하는 등 많은 전과를 올렸다. 유격전으로 전투 경험이 쌓이고, 용기와 자신감이 더해지면서 병사들의 전투력도 점점 높아져 갔다.

산남의진은 여름에 접어들면서 흥해, 청하를 지나 관동 쪽으로 한 걸음 더 진격해 갔다. 연이은 승리와 곧 신돌석 의진과 합진할 거라는 기대감으로 병사들 사기가 하늘을 찌를 듯

했다. 최세윤 역시 자신이 맡은 흥해, 청하, 신광 지역에서 잇
단 승리를 거두면서 미안한 마음을 조금이나마 덜 수 있었다.
몸도 점점 좋아지고 있었다.

한편 일본 군경의 진압 작전도 점점 강화되어 갔다. 산남의
진은 1907년 8월, 영덕 팔각산에 잠복해 있던 일본군과 맞닥
뜨리게 되었다. 지금까지의 작전과는 달리 공격과 방어가 뒤집
힌 꼴이었다. 의진으로서는 겪어 보지 못한 대격전이었다. 밀
고, 밀리는 공방전이 사흘간이나 계속되었다. 전세는 시간이
갈수록 의진에게 불리하게 흘렀다. 일본군은 유리한 지형을 잡
고 매복해 있었을 뿐만 아니라 무기도 우세했다. 반면 보급이
원활하게 이루어지지 않았던 의진의 희생은 엄청났다.

장기전이 불리하다는 것을 느낀 정용기는 일단 병사들을 뒤
로 물렸다. 동대산까지 후퇴한 의진은 남은 군사와 장비를 점
검해 보았다. 다시 싸울 수 없을 만큼 치명적이었다. 점점 전선
을 좁히며 추격해 오는 일본군에 맞서기에는 역부족이었다. 다
친 병사들을 치료하는 일도 어려웠지만 보급로마저 끊어진 상
태였다. 흥해와 청하 지리에 밝은 최세윤을 떠올렸다. 도움이
절실한 순간이었다. 발이 빠른 종사를 최세윤에게 보냈다.

그런데 그때 최세윤은 흥해 분견소에 불려가 있었다. 팔각산
전투에 역할을 맡을 것이라는 정보에 따라 최세윤을 연금해

놓은 것이었다. 최세윤이 연금되었다는 말을 들은 정용기는 얼마간 의진을 해체하였다가 다시 전열을 가다듬기로 하였다. 머뭇거릴 시간이 없었다. 장령들을 도소로 불러들였다.

"최세윤 운량관도 분견소에 연금되었다는군요."

장령들 눈이 휘둥그레졌다. 지역 사정에 밝은 최세윤이 오면 퇴로가 마련될 줄 알았는데 그가 잡혔다는 말에 실망한 얼굴이었다.

"우리 병사들 희생을 막는 길은 하나뿐이오. 여기서 해산하겠소. 부대가 이동하는 것보다 개인별로 흩어지는 게 나을 거요."

정용기 목소리가 점점 무거워졌다.

"우리 의진이 완전히 사라지는 것은 아니오. 이달 중순 죽장에서 재집결할 것을 명령합니다. 곧 겨울이 오니 그때를 대비하여 겨울 채비를 한 뒤에 다시 모이도록 합시다. 각 부대별로 서둘러 주시오."

병사들은 양민, 보부상, 광부, 나무꾼으로 변장하고는 포위망을 벗어나 고향으로 돌아갔다. 정용기는 참모장, 중군장 등 참모들과 남은 병사들을 데리고 동대산과 내연산을 연이어 넘는 험한 길을 택했다. 일본군 추격을 따돌리기 위해서는 어쩔 수 없는 선택이었다.

내연산을 넘은 정용기는 고천에서 숨을 돌렸다. 고천에는 작지만 마을이 있어서 허기는 면할 수 있었으나 그곳에서도 오래 머물 수는 없었다. 고천은 영덕으로 넘어가는 길목이었다. 그만큼 안전하게 머물 곳은 되지 못하였다. 다시 병사들을 데리고 가사령을 넘어 죽장 솔안 일대 산간 지역에서 주둔하였다. 그곳에서 숨을 고르면서 병사들이 돌아오기를 기다릴 생각이었다. 병사들이 다시 모이기로 한 날까지는 열흘 남짓 남아 있었다. 정용기는 다시 솔안 마을에서 숙영하기 좋은 죽장 매현리로 이동하여 피로에 지친 병사들을 쉬게 하였다.

정용기가 죽장으로 들어왔다는 정보가 청송에 주둔하고 있던 일본군에 들어간 것도 그 무렵이었다. 일본군은 바로 부대를 죽장으로 이동시켰다. 정용기 역시 일본군이 죽장 창리까지 들어왔다는 정보를 입수하게 되었다.

10월 7일, 정용기 대장은 병사들을 세 개 부대로 편성하고, 우재룡, 김일언, 이세기 부장에게 각각 부대를 맡겨 일본군이 공격해 올 길목에 잠복시켰다. 일본군을 사격권 안으로 충분히 끌어들인 뒤에 정용기 대장이 직접 지휘하는 본대가 10월 8일 새벽을 틈타 기습 공격하여 섬멸하기로 작전을 세웠다. 그런데 이세기 부장이 맡은 부대가 10월 7일 저녁, 광천으로 정찰 나갔다가 입암에서 일본군이 식사하는 것을 발견하였다. 적군

수가 그리 많지 않다고 판단한 이세기는 정용기 대장에게 보고한 뒤 작전 지시를 받아야 했음에도 불구하고 성급하게 공격에 나섰다. 오판이었다. 그들은 취사반이었다. 주력 부대는 정용기 부대를 추적하며 진보, 청송을 거쳐 6일에 기계 안국사에 진을 치고 있었다. 그러다가 7일에는 이미 죽장 입암으로 들어와서 유리한 지점에 매복하고 있었다. 이런 사실을 까맣게 모르고 무모하게 공격을 감행한 이세기 부대는 도리어 집중 사격을 받아 순식간에 모든 병사가 전사하고 말았다.

매현리에서 공격 시간이 되기를 기다리고 있던 정용기는 갑작스러운 총성을 듣고 입암으로 달려갔으나 이미 상황이 종료된 뒤였다. 어둠이 짙어 제대로 상황을 판단할 수가 없었다. 일본군 매복 위치나 병력 수에 대한 정확한 정보도 없었다. 그러나 새벽까지 기다릴 수는 없었다.

저녁 아홉 시경, 본진 병사로 전투에 나섰다. 그러나 정용기 부대는 이미 위치가 노출되어 있었고, 일본군 위치는 정확하지 않은 상황이었다. 더욱이 일본군 병력은 의외로 많았다. 일본군은 유리한 위치에서 총공격해 왔다. 병력 수도 적고, 위치도 불리한 상황이라 처음부터 승산 없는 싸움이었다. 자정이 지나면서 전세가 기울기 시작했다. 전투가 계속될수록 의병 희생만 늘어났다. 새벽 무렵, 날이 밝아 오자 전투를 독려하던 정용기의 모습이 드러났다. 일본군은 정용기를 향하여 집중 사격을 퍼부었다. 중군장 이한구, 참모장 손영각, 좌영장 권규섭도 잇달아 쓰러졌다. 장령 여럿과 병사 사십여 명을 잃고 의진은 패퇴하고 말았다.

산남의진은 대장을 잃었을 뿐만 아니라 막대한 병력과 물적 손실을 입었다. 일본군은 거기서 전투를 끝내지 않았다. 의진을 도와준 입암 마을로 들어가서 가옥 수십 채에 불을 지르고 백성 수십 명을 학살하였다.

최세윤은 연금에서 풀려나 학림강당으로 돌아왔다. 팔각산 전투 패배 소식을 분견소에서 들었다. 분하고 안타까웠다. 그러나 가슴을 치고 있을 겨를이 없었다. 의진에서 돌아온 흥해 병사들이 첩자에게 노출되지 않도록 챙겨야 했다. 한 사람이라도 분견소에 끌려가거나 정영필 같은 첩자에게 걸리면 모두가 엮이기 때문에 여간 조심스럽지 않았다.

그 와중에 종사가 정용기 대장 전사 소식을 가지고 왔다.

"정용기 대장이 돌아가셨어요. 숨을 거두시기 전에 빨리 연락을 드리라고……."

피와 흙 범벅이 된 어린 종사는 최세윤에게 말을 전하고는 정신을 잃고 말았다.

최세윤은 지팡이를 내던지고 종사를 안아 일으키며 볼을 두드렸다.

"얘야! 정신 차려라. 어떻게 된 일인지 소상히 말을 해 줘야지."

아내가 물바가지를 들고 달려왔다. 이웃 사람들이 나서서 쓰러진 종사를 방으로 옮겼다. 다행히 숨이 끊어진 것은 아니었다. 최세윤은 그가 정신이 들기를 기다리면서 멀거니 하늘을 올려다보았다.

'정 대장이 전사하다니.'

믿기지 않았다. 가까스로 깨어난 종사가 전투 과정을 자세하게 들려주었다. 최세윤은 더 이상 물러나 있을 수가 없었다.

다리를 단단히 동여맨 최세윤은 종사에게 손을 내밀었다.

"가자. 나를 그곳으로 데려다 다오."

종사는 몹시 떨고 있었다. 두려움에 고개를 가로저으며 손을 잡지 않았다.

"나를 그곳으로 데려다줄 사람은 너뿐이다."

"왜놈들이 진을 치고 있을 텐데요."

"상관없다."

최세윤은 여전히 종사에게 손을 내밀고 있었다. 종사가 마지못해 손을 잡았다. 지팡이에 의지하여 죽장 입암까지 재를 넘어가면서 보니 피투성이가 된 의병들 시신이 산골짜기와 밭두렁에 흩어져 있었다. 최세윤은 무릎이 꺾이면서 주저앉고 말았다. 그렇게 한참을 통곡하였다. 곁에 선 종사는 불안한 눈으로 주변을 살폈다. 눈에 띄지는 않았지만 일본군과 진위대가 멀지 않은 곳에서 내려다보고 있는 것 같았다. 울음을 토해 낸 최세윤은 흩어져 있는 시신을 일일이 찾아냈다.

최세윤은 종사를 돌아보았다.

"얼굴을 확인해 봐라."

혹여 못 찾은 병사가 있을까 걱정되었다.

"다 맞아요."

"더 이상 주춤거리며 물러나 있지 않을 거요. 당신들이 못 이룬 일을 이제 내가 나서리다."

최세윤은 마을 쪽으로 고개를 돌렸다. 새카맣게 불타 버린 집들 위로 간간이 연기가 오르고 있었다. 도와 달라고 소리를 지르려다가 이내 어금니를 악물고 말았다. 모두 피난을 갔는지 사람이 보이지 않았다. 사방에서 희번덕이고 있는 감시 때문에 마을 사람들은 산에서 내려올 엄두를 내지 못하였다. 그때까지 곁에 머물러 있던 종사에게 말하였다.

"고생했다. 너는 집이 어디냐?"

"영천 자양입니다. 정용기 대장님 본가에서 심부름 다니다가 여기까지 따라왔어요."

"여기서 멀지는 않구나. 그래, 몇 살이냐?"

종사는 그렇게 묻는 최세윤이 이상했는지 슬쩍 눈치를 보고는 대답했다.

"열다섯요."

"부모님은?"

종사는 눈물을 글썽이며 말을 못 했다. 설움에 북받쳐 한참을 흑흑댔다. 최세윤은 설움이 진정되기를 느긋이 기다려 주었다.

"어머니 홀로 계세요."

"미안하구나. 나라 꼴이 이러하여 너 같은 어린아이까지 고생이다. 이제 어머니 곁으로 돌아가거라. 이곳 일은 내게 맡기고. 네가 할 일은 다 하였다."

최세윤은 종사를 돌려보냈다. 그는 몇 번이나 주변을 둘러보고는 최세윤을 향해 허리를 굽혔다.

"죄송합니다."

종사는 자호천을 따라 내려갔다. 몇 차례 멈칫멈칫 돌아보며 미안해하더니 멀리 산모롱이를 돌아 사라져 갔다.

시신을 오래 둘 수는 없었다. 최세윤은 매현 마을 손씨 문중을 찾아가서 도움을 청하였다. 어렵게 용기를 낸 마을 사람들을 데리고 입암으로 내려오니 정환직이 달려와 있었다. 아들 시신을 안고 있는 그 모습이 너무나 처연하여 가까이 갈 수가 없었다.

13. 산남의진 이인자

입암 전투가 한창 벌어지고 있을 즈음 정환직은 기북 용기리 막실, 처남 이능추 집에 머물고 있었다. 침곡산 하나를 사이에 둔 가까운 거리였다. 그 밤에 그는 악몽을 꾸었다. 아들 용기가 온몸에 흙먼지를 뒤집어쓴 채 도와 달라며 달려왔다. 아들을 잡고 자초지종을 물어보려고 손을 휘저었다. 그러나 잡으려면 저만큼 멀어지고 다시 잡으려고 하면 또 그만큼 멀어졌다.

"애야! 아들아!"

끝내 아들 손을 잡을 수가 없었다. 벼슬을 얻지 못해 평생을 떠돌아다닐 때 늘 함께했던 아들이었다.

"애야! 아비 손을 잡아라."

손을 내밀며 소리쳤지만 아들은 점점 멀어져 갔다. 아들을 소리쳐 부르다 벌떡 일어나 앉았다. 너무나 생생한 꿈이었다. 방문을 열었더니 희붐하게 날이 밝아 오고 있었다.

'도대체 무슨 일인가?'

아들 생각에 다시 잠을 이룰 수가 없었다. 정환직은 마당으로 내려와 한참을 서성댔다. 그때 한 사람이 달려 들어와 정환직 앞에 엎드렸다.

"간밤 전투에서 정용기 대장과 장령들이 모두 순절했습니다."

정환직은 그 자리에 풀썩 주저앉고 말았다. 정신이 아득해지면서 아무 생각도 나지 않았다. 가까스로 정신을 가다듬은 뒤 집을 나섰다.

"일본군에게 잡힐 수도 있어요. 제가 대신 가서 조카를 운구해 오겠습니다."

이능추가 말렸지만 정환직은 듣지 않았다. 일본 군경에게 잡히는 게 두렵지 않았다.

아들 시신은 온통 피범벅이었다. 집중 사격을 받아 열 군데 가까이 총상이 선연했다.

"네가 어찌 나보다 먼저 이 지경이 되었느냐."

정환직은 아들을 안고 흐느꼈다. 그리고 얼마 후 겉옷을 벗어 흙먼지와 핏물이 엉겨 붙은 아들을 덮어 주고는 주변을 둘러보다 최세윤에게 말했다.

"장례를 군례에 따라 치러 주시오."

정순기, 우재룡, 이세기와 살아남은 병사들이 나섰다. 예를 다 갖출 수가 없었다. 장례는 병사들이 사방을 경계하는 가운데 치러졌다. 정용기는 입암서원 앞을 지나는 가사천 상류를 따라 올라가 죽장면 매현리 인학산 기슭 욕학담 북편에 안장되었다. 이한구는 죽현산에 장사를 지냈다.

최세윤은 전사한 의병 한 사람, 한 사람 이름을 부르며 곡을 했다. 아픈 몸 때문에 함께하지 못한 시간이 원망스럽기만 했다.

"이렇게 억울하게 떠나시다니요."

모든 게 꿈만 같았다. 같이 어깨를 나란히 하여 적과 싸우고 싶었는데 그럴 기회를 얻지 못한 게 한이 되었다. 최세윤은 의병들 넋을 기리며 분하고 비통한 마음을 하늘에 알리는 글을 지었다.

안고경, 장순과 어깨를 겯고 노중련, 전횡과 견줄 수 있네.

나라가 어려울 때 의병 봉기에 앞장선 인물,

죽기를 맹세하였는데, 어찌 정신이 초목처럼 썩어지랴.

그대 충의를 기리는 크나큰 상은 궁궐 섬돌에 이르리.

처음 만나던 날 벗 하자며 그대가 내게 준 뜻

나머지 일을 내게 부탁한 지 두 봄이 지나갔네.

삼천리 강토를 아직도 회복하지 못하였는데

푸른 산 어느 곳에 그대를 묻어야 하나.

"삼천리 강토를 아직도 회복하지 못하였는데 푸른 산 어느 곳에 그대를 묻어야 하나."

최세윤은 마지막 문장을 다시 읊으며 희생된 의병들을 가슴에 묻었다. 그들이 못다 한 몫까지 싸워야겠다는 각오를 다졌다.

'먼저 가신 넋들을 헛되게 하지 않으리다! 그대들 몫까지 이 한목숨 바쳐 꼭 이루리다!'

정환직은 의연했다. 나라를 위하고, 아들을 위해서 의진은 이어져야 한다는 생각이었다. 그는 기꺼이 산남의진 이 대 대장을 맡았다. 소모장이던 정순기를 참모장으로, 중군장에 이세기, 선봉장에 우재룡, 좌포장에 임용상을 기용하였다. 보현산에 장영 도소를 두고, 부대 정비에 나섰다. 이때 정환직의 나이는 예순넷이었다. 머리는 백발이고 기력도 젊은이 같지 않았지만 전투를 마다하지 않았다. 최세윤에게는 모군, 군량과 군자금 모집, 정보 수집 등을 강력하게 권고하였다. 특히 흥해 주변에서 이루어지는 군사 작전은 모두 맡겼다.

정환직은 최세윤과 따로 만났다.

"농고!"

최세윤은 달리 대답할 말을 찾지 못하고 초췌해진 정환직을 바라보기만 했다. 산남의진을 맡아 주기를 바라는 그 마음을 선뜻 받아들이지 못한 게 안타까웠다. 정용기 대장의 죽음과 정환직을 이 대 대장으로 추대하는 과정을 지켜보면서 고개를 들 수 없는 죄책감에 시달려야 했다. 전장을 누비며 의병들을 독려할 만큼 몸이 회복되지 않았기 때문이었다.

"농고, 내가 이 일을 맡았지만 농고가 맡을 몫이라 생각해 주시오."

"예, 명심하겠습니다."

"지금까지처럼 작전과 전략을 의논하는 통모에만 머물러서는 안 된다는 말씀입니다. 농고, 내가 말하는 참뜻을 알겠지요?"

"진영에 제 이름을 걸겠습니다."

최세윤은 이때부터 군자금 지원과 진위대나 분견소 정보를 알리는 운량관에 머물지 않았다. 이름부터 달리 쓰기로 하였다. 최세윤이 아닌 '최세한'이라는 이름으로 진영에 참여하였다. 그야말로 산남의진 안에서 실질적인 이인자 역할을 시작하였다. 그는 정환직을 도와서 흥해와 인근 지역에서 벌인 여러 차례 전투를 모두 승리로 이끌었다.

다시 의기를 다진 산남의진은 첫 전투를 흥해로 택했다. 일본 군경이 주둔하고 우편 호송대가 머무는 분견소와 우편 취급소가 공격 대상이었다.

최세윤은 마당을 서성이며 소식을 기다리고 있었다.

어둠을 뚫고 정순기가 헐레벌떡 달려왔다.

"정영필, 그놈을 잡지 못했소."

정순기 뒤에는 종사 하나만 붙어 있었다. 흥해 분견소와 우편 취급소 습격은 성공이었다. 건물을 불태워 버리고, 적 세 명을 사살하였다고 했다.

최세윤이 병사들 안전을 먼저 물었다.

"다른 병사들은 어떻소?"

"다 안전합니다. 먼저 청하 명안리로 보냈습니다. 정영필 그놈을 꼭 잡고 싶었는데 약삭빠른 놈, 미꾸라지처럼 빠져나갔더라고요."

최세윤은 희붐하게 밝아 오는 새벽하늘을 보았다.

최세윤은 정순기의 등을 떠밀었다.

"어허, 참! 그게 뭐 그리 중요합니까. 우리 목표는 나라를 되찾는 것이지요. 누구를 잡겠다고 싸우는 건 속 좁은 짓입니다. 어서 달려가소. 부장이 여기 와 있으면 어떡합니까. 병사들이 기다릴 거요. 날이 더 밝기 전에 얼른, 얼른 가소."

"다시 한번 기회를 잡아 주십시오. 그때는 정영필을 꼭 처단하겠습니다."

정순기는 종사를 데리고 사라졌다.

체한 것 같던 가슴이 시원하게 뚫렸다.

흥해 출신인 정순기는 정영필이 흥해에서 저지르는 악행을 잘 알고 있었다. 정영필은 의진에 참여한 사람을 밝혀내어 분견소와 일본군에 신고하여 애를 먹였다. 그야말로 흥해 고을 백성들에게는 눈엣가시 같은 존재였다.

최세윤은 고개를 가로저었다.

'어리석은 사람.'

오히려 안타까운 생각이 들었다. 한번 만나서 이야기를 나누어 보고 싶었다.

날이 밝았다. 아침을 일찍 챙겨 먹고 동헌으로 나가 보았다. 동헌 근처에 사람들이 모여 웅성거리고 있었다. 동헌에 들러 초토관인 군수를 만나려다가 생각을 접었다. 말이 통할 것 같지 않았다. 분견소와 우편 취급소가 불탄 자리에서는 연기가 피어오르고 있었다. 멀찍이 서서 모인 사람들을 살펴보았다. 구경 나온 어린아이들이 대부분이었다. 간밤에 있었던 일을 충분히 짐작할 수 있었다. 돌아서려는 순간, 정영필과 눈이 딱 마주쳤다. 그는 칼을 빼 들고 소리부터 질렀다.

"네놈이 저지른 일을 확인하러 왔느냐!"

모였던 사람들이 일제히 돌아서며 최세윤을 바라보았다. 정영필이 칼을 겨누며 최세윤에게 다가왔다. 최세윤도 그를 지그시 노려보았다. 칼끝이 턱밑까지 왔다. 그래도 움직이지 않았다.

"네놈이 하는 짓이 부끄럽지도 않으냐?"

소리는 작았지만 엄청난 무게를 지닌 목소리였다. 정영필은 잠깐 멈칫하다가 다시 칼끝에 힘을 주며 소리를 질렀다.

"네놈을 죽여 버릴 수도 있어. 폭도들을 끌어들인 죄로 체포할 수도 있어."

"네놈이 조선 사람임을 잊지 마라."

"조선 사람이면 어떻고 일본 사람이면 어떠냐. 이 나라는 주인이 바뀌었다. 세상이 바뀌었다고. 나는 지금까지 그랬듯이 주인을 섬길 뿐이다."

칼끝이 파르르 떨리고 있었다. 더 이상 이야기할 가치가 없다는 생각이 들었다.

"네놈이 섬기는 주인이 일본이란 말이냐?"

그 말에 그는 칼을 쳐들더니 최세윤을 내리치려고 하였다. 사람들이 놀라서 소리쳤다.

"우, 우. 안 돼! 그러면 안 되지."

겁에 질려 비명을 지르는 아이들을 뒤로 감추며 어른들이 재빨리 최세윤을 에워쌌다. 백성들이 최세윤을 구하겠다고 칼날을 가로막고 나섰다. 그제야 분위기가 심상치 않음을 느꼈는지 정영필은 주변 사람들 눈치를 보며 칼을 내렸다.

"왜놈이 쥐여 준 칼로 나를 죽인다면 여기 모인 사람들을 다 죽여야 네놈이 살아남을 수 있을 거야. 네놈 주인에게 가서 전해라. 이 땅에는 여기 이분들처럼 의로운 사람이 차고 넘친다고."

최세윤은 정영필과 서로 가슴을 열고 어떻게 사는 게 옳은지 이야기 나누고 싶었다.

그러나 마음을 고쳐먹고 돌아섰다.

"고맙습니다. 여러분이 나를 살렸습니다."

"어디가 아파요? 얼굴이 백지장이에요."

둘러섰던 백성들이 비틀거리는 최세윤을 부축했다.

긴장이 풀리면서 온몸이 무너져 내릴 것처럼 아팠다. 눈에 불이 번쩍일 만큼 심한 통증이 등줄기를 타고 내렸다. 온몸을 뒤덮고 있는 종창이 등에서부터 터지고 있었다. 등에서는 진물이 흘러내렸고, 앞이 보이지 않았다. 허둥거리며 집으로 돌아왔다.

"아니, 어떻게 된 일이에요?"

당황한 아내가 부축하자 그는 그대로 쓰러지고 말았다.

아내가 아이들을 불렀다.

"얘들아! 얘들아!"

최세윤은 가물가물해지는 의식 속에서 아이들이 울부짖는 소리를 들었다. 점점 그 소리조차 희미해져 갔다. 의원이 달려오고, 온 식구가 나서서 곁을 지켰다. 밤새 열이 펄펄 끓었다. 그렇게 이틀 동안 의식을 잃고 지냈다. 그리고 또 하루가 지나자 상처 부분이 꾸덕꾸덕 말라 갔다.

11월, 쌀쌀한 날씨가 계속되었다. 홍해 의병들로 구성된 정순기 부대는 활동을 멈추지 않았다.

"몸은 좀 어떠시오?"

정순기가 바람처럼 찾아왔다.

"아니, 의성으로 간다고 하지 않았소?"

"가는 길입니다. 함께 움직일 수는 없겠지요?"

최세윤은 그냥 웃기만 했다. 몸이 원망스러웠다. 정순기도 말을 꺼낸 게 민망한 나머지 헛기침만 두어 번 하고 말았다.

"의성에 주둔한 일본군은 규모가 만만치 않습니다. 그만큼 보관된 무기도 많을 겁니다. 특히 탄환을 챙기세요. 우리에게 늘 아쉬운 게 탄환입니다."

"명심하겠습니다. 그럼 다음번에는 꼭 함께합시다. 병사들이 기다리고 있습니다."

정순기가 일어섰다.

"조심하시오."

정순기 부대는 의성, 신령 분견소를 비롯하여 관공서를 습격하였다. 일본 군경이 머무는 건물들을 불태워 없애고, 무기고에서 엽총 사백 정을 탈취하였다. 이어서 의흥 분견소를 공격하여 총기 백오십 정을 빼앗은 뒤 분견소 건물을 불태웠다. 탄환 상자도 함께 거두어 나왔다. 엄청난 전과였다. 최세윤은 그 소식을 들으며 몸과 마음이 가벼워지고 있었다. 종창 자리도 딱지가 얹히며 아물어 갔다.

최세윤은 흥해로 숨어든 정순기와 연락하였다. 흥해에서 설쳐 대는 친일파들부터 없애야겠다고 생각했다. 그들은 흥해들과 해안의 풍부한 물산을 바탕으로 일본과 손을 잡고 우리 백성을 가혹하게 수탈하고 있었다. 산남의진이 영덕으로 진출하지 못하는 원인도 그들과 결탁한 일본군이 흥해를 지키고 있기 때문이었다. 친일파들이 차지하고 있는 동헌과 분견소, 주재소부터 없애야 했다.

11월 15일 새벽, 비학산 무제등 기슭에 진을 친 의진은 종사를 최세윤에게 보냈다. 최세윤은 종사에게 작전 지시를 내리고 종일 방에 머물다가 설핏 해가 기울자 느지막이 집을 나섰다. 스스로 적들을 유인할 미끼가 되어 친일 세력들을 주재소로 모아들일 계획이었다. 긴급한 일에 대비하여 많이 산두를 따르게 했다. 언뜻 정영필이 따라붙는 것이 보였다. 이제 순검으로 올랐다며 으스대는 꼴이 가소로웠다. 몸은 예전처럼 회복되었고 걸음은 깃털처럼 가벼웠다. 원학 스님이 던져 준 말이 새삼스럽게 떠올랐다.

'체면 다 내려놓으시고 마음 가는 대로 하세요.'

피식 웃고는 먼저 동헌으로 갔다. 형방으로 근무할 때와 달라진 게 없었다. 그러나 무척 낯설어 보였다. 초토관이 아전들과 어울려 껄껄대고 있었다. 참 한심한 모습이었다. 최세윤은 동헌 마당을 한 바퀴 돌아 나왔다. 본 적 없는 부속 건물들이 눈에 띄었다. 일본군이 머무는 것 같았다. 담을 따라 돌아 나오니 주재소 건물이 바로 나타났다. 그곳에 우리 백성들이 죄 없이 끌려가서 괴로움을 겪는다고 생각하니 가슴이 아릿해 왔다. 주재소를 바라보며 한참을 그 앞에 머물렀다. 산두가 곁에 와서 섰다.

"아버지, 저곳에 들어가시려고요?"

산두 얼굴이 겁에 질려 있었다.

"아니다. 흥해 고을 백성들이 저곳으로 끌려갈 때 얼마나 두려웠겠느냐. 그걸 느껴 보려는 것이다."

"……."

그때 주재소 문이 열리며 악랄하다고 소문난 순사 권차모가 나왔다. 주재소 안에서 최세윤을 본 모양이었다. 두 사람은 길을 사이에 두고 서로 노려보았다. 산두가 겁을 먹고 한 걸음 물러섰다. 최세윤은 죄도 없이 끌려간 백성들이 당했을 고통을 느끼고 있었다. 고통이 미움으로, 다시 분노로 바뀌고 있었다.

산두를 비학산으로 보내고, 최세윤은 여전히 그 자리에 머물렀다. 뒤를 밟던 정영필도 권차모 곁으로 옮겨 갔다. 천천히 어둠이 내리고 있었다. 최세윤이 주재소 앞에 버티고 있다는 소식에 친일파들이 하나둘 모여들었다. 꼼짝하지 않고 서 있었지만 최세윤은 그 얼굴과 수를 짚고 있었다.

어느 순간, 주재소 건너편 동헌에서 불길이 치솟으며 비명 소리가 들려왔다. 주재소에 있던 사람들이 우르르 밖으로 나와서 고개를 빼 들고 불타는 동헌을 바라보았다. 그들은 마치 줄을 세워 놓은 것처럼 나란히 서 있었다. 귀를 찢는 총소리가 난 것은 바로 그때였다. 순사 권차모, 순검 정영필과 흥해 고을 친일파들이 하나씩 쓰러져 갔다. 최세윤은 꼼짝하지 않고 그 모습을 지켜보았다. 의병들은 동헌 부속 건물 일곱 동을 소각하고는 흥해를 빠져나갔다.

밤비가 내리기 시작하였다. 답답하던 백성들 가슴을 시원하게 풀어 주는 비였다.

심부름을 다녀온 산두가 아버지 곁에 섰다.

"아버지, 괜찮으세요?"

"나는 괜찮다. 네가 큰일을 했다. 그래, 대장님께 내 말을 전했느냐?"

최세윤이 천천히 걸음을 옮겼다. 애써 비를 피하지 않았다.

"예, 아버지 말씀대로 오늘은 장영 도소를 보경사에 두시겠다고 하셨습니다."

"그래, 너는 집으로 돌아가거라. 나는 보경사로 가야겠다."

산두가 아버지 앞뒤를 살폈다. 옷이 흠뻑 젖어 있었다.

"옷이 다 젖었는데 옷이라도 갈아입고 가시지요."

"걱정하지 마라. 옷을 갈아입은들 또 젖을 게 아니냐. 쉬엄쉬엄 사람들 눈을 피해 가 보마. 너도 조심해서 들어가거라."

최세윤이 정환직 앞에 앉으며 보경사에 장영을 머물게 한 까닭을 알렸다.

"내일 새벽에는 비가 더 많이 내릴 거라고 합니다. 한데에 장영 도소를 설치하기는 어려울 것 같아서 주지 스님께 부탁드렸습니다."

"고맙소. 이렇게까지 마음을 써 주셨군요. 오늘 작전은 대성공이었소. 다 최 공이 목숨을 걸고 나선 덕분이오."

"별말씀을요. 전장에서 직접 싸우는 병사들에게 미안한 마음뿐입니다."

이야기를 주고받던 정환직이 모여 앉은 장령들을 둘러보았다.

"자, 잘 들으시오. 내 앞에 앉은 최세윤 공을 잘 보시오. 내 뒤를 이어 산남의진을 책임질 사람이오."

장령들 눈이 최세윤에게 쏠렸다.

최세윤이 당황하여 두 손을 내저었다.

"아니, 무슨 말씀을……."

"이번 작전도 그렇지만 이쪽 지역에서 펼친 작전이 성공을 거둘 수 있었던 것은 모두 최 공 덕분이오. 다들 그렇게 아시오."

"명심하겠습니다!"

최세윤이 뭐라고 사양하는 말은 장령들 대답 소리에 묻히고 말았다.

"오늘 선봉장이었던 정완전과 우재룡 두 부장을 피신시켰다는 보고를 들었소. 정말 잘한 일이오."

"예, 오늘 작전을 이끈 두 부장에 대한 왜군의 추격이 집요해질 것 같아서 정 부장은 장기로, 우 부장은 대구로 보냈습니다. 잠잠해지면 다시 합류할 겁니다."

장정들은 서로 얼굴을 마주 보며 고개를 끄덕였다. 전투 전뿐만 아니라 후에도 병사들 안전을 중요하게 생각하는 배려에

감탄하였다.

"특히 오늘 전투에 참여한 관군 출신 병사들은 참으로 마음 든든했소이다."

"오늘 일이 알려지면 진위대 군관들이 더 많이 입진할 겁니다."

최세윤은 멀찍이 앉아 있는 진위대 출신들과 눈길을 주고받았다.

"최 공의 인품이 저들을 의진으로 이끈 것이오."

이날 작전에는 울진, 영덕, 흥해, 영일 지역 진위대에서 나온 삼십여 명이 함께하였다. 이들은 군대 강제 해산에 반발하여 의진에 입진하였다.

자정이 넘어가자 빗줄기가 점점 강해졌다.

"청하는 영덕으로 진출하는 길목입니다. 우리가 꼭 확보해야 할 곳입니다."

최세윤이 청하 지역 확보 문제를 넌지시 꺼냈다.

"병사들이 피곤하지 않겠소?"

정환직이 흩어져 잠들어 있는 병사들을 생각했다.

"한 이틀 쉬면 회복될 겁니다. 의성에서 탈취한 탄환도 넉넉하니 한번 해 볼 만한 싸움입니다."

"좋소. 청하는 우리가 영덕으로 넘어설 때까지 끊임없이 싸워야 할 곳이오."

11월 18일, 보경사 장영에서 가까운 청하 분견소를 공격하기로 하였다. 양총과 탄환을 넉넉히 지급한 뒤에 17일, 밤을 타서 청하 분견소 뒤쪽 언덕에 매복하였다. 날이 밝으면서 정찰병을 내려보냈다.

"동헌이 비어 있었어요. 일본군도 보초만 있고 움직임이 없었고요."

정환직이 고개를 갸웃거리며 최세윤을 건너다보았다.

"조금 더 살펴보고 내려가는 게 좋겠습니다."

점심나절이 지나 최세윤이 일어섰다. 추운 날씨에 병사들을 계속 한데에 둘 수는 없었다.

"어쩌려고요?"

"제가 내려가 보겠습니다. 아무래도 이상합니다. 아는 사람들이 곳곳에 있으니 그들이라도 만나 보면 일본군의 움직임을 알 겁니다."

최세윤은 종사를 데리고 청하 장터로 내려갔다. 장이 서지 않는 날이라서 먼지만 일고 있었다. 옹기점으로 들어갔다. 최세윤을 아는 주인은 재빨리 최세윤을 안으로 밀어 넣고는 문 밖으로 나가서 좌우를 살폈다. 지나는 사람은 없었다.

"어떻게 예까지 오셨소? 흥해에 난리가 났다면서요?"

흥해 전투 소문을 들은 모양이었다. 그 말에 대답할 시간이 없었다.

"청하 동헌이 텅 비었다는데 무슨 일이 있었소?"

옹기점 주인은 밖을 살펴 가며 알고 있는 것을 다 털어놓았다.

"그것도 알고 오셨소? 흥해 일이 터지고 다 도망쳤소. 왜놈 군대는 흥해로 비학산으로 의병 잡으러 간다고 갔소."

"알았소. 내가 왔다는 소문은 내지 마소."

"그럼요. 그랬다간 나부터……."

그는 손을 목에다 대고 긋는 시늉을 하였다.

최세윤이 종사를 의진으로 보내자 의진이 바로 달려왔다. 동헌만 그대로 두고 일본 군경이 있는 건물은 모조리 부숴 버렸다. 몇몇 남아 있던 일본군은 의진을 보자 바로 도망쳐 버렸다. 일본군이 무기고를 비운 바람에 무기는 얻지 못하고 청하에서 물러났다.

최세윤은 청하에서 의진과 헤어졌다. 추수가 끝나면서 군자금을 주겠다는 사람이 있었다. 그를 만나기 위하여 신광으로 가야 했다. 의진은 두 차례 승리를 거둔 뒤 본거지인 보현산으로 돌아갔다.

1907년 고종을 폐위시킨 일본은 치안을 유지한다는 허울 좋은 이유를 내세우며 일본 헌병을 세 배 이상 늘렸다. 그 수가 무려 육천육백 명에 달하였다. 특히 전국에서 일어난 의병을 진압하겠다면서 1907년 7월 25일 보병 제사십 연대를 조선으로 끌어들였다. 그야말로 군과 헌병으로 조선 백성을 제압하겠다는 야욕을 드러낸 것이었다.

여기에 맞추어 산남의진을 제압하기 위하여 영천에 주둔한 일본군에도 병력이 보강되었다. 경무고문부에서는 1907년 12월 4일 영천, 군위, 청송, 경주, 영일에 순사와 순검을 보강하고 정환직을 검거하라는 특별 명령을 내렸다.

정환직은 산남의진 장영을 보현산에서 고천으로 옮겼다. 강릉으로 다가가려는 전략이었다. 일본 군경의 병력 보충에도 의진은 기가 꺾이는 일이 없었다. 장영을 고천으로 옮긴 다음 날인 12월 5일 영덕에 머물러 있는 일본군을 습격하였다. 영덕을 지나야 영해를 거점으로 활동하는 신돌석 의진과 합진하여 강원도로 진입할 수 있기 때문이었다. 영덕 수비대가 거세게 막고 있었지만 진격로 확보는 꼭 필요했다.

영덕 전투 마지막 날, 일본군에게 지원 병력이 도착하면서 전투가 불리해지자 정환직은 병사들 희생을 막기 위하여 퇴각 명령을 내렸다. 남정을 지나 옥계 계곡을 이용하여 고천으로 퇴각하던 병사들은 깜짝 놀라 걸음을 멈추었다. 조금 전 지나온 마을에서 불길이 치솟았다. 악랄하고 집요한 일본군이 퇴각하는 의병을 되돌려 세우려고 마을에 불을 지른 것이었다.

정환직은 불길을 보며 잠깐 생각했다. 그 사이에 한 병사가 달려왔다.

"대장님, 먼저 가십시오. 제가 달려가서 상황을 보고 오겠습니다."

"저도요."

"두 사람만 가서 뭘 어쩌겠다는 건가. 복수는 다음으로 미루세."

그러나 두 병사는 거세게 고개를 저었다.

정순기가 나섰다.

"저들을 막지 못하실 겁니다. 저 마을에 식구가 살고 있습니다."

"아니, 저 마을 출신이란 말인가?"

"그렇습니다. 곧 뒤따라가겠습니다."

명이 떨어지기도 전에 그들은 총을 움켜쥐고는 불길에 싸인 마을을 향해 달려갔다. 정환직은 흔들리는 마음을 다잡았다. 병사들은 닷새 동안 벌어진 전투에서 모두 지칠 대로 지쳐 있었다. 지금 싸운다는 것은 무모한 일이었다. 정환직은 병사들이 무사히 돌아오기를 빌며 청하 고천으로 향했다.

불행하게도 식구를 보러 갔던 병사들은 기다리고 있던 일본군에게 체포되고 말았다. 그들은 분견소로 끌려가 잔혹한 고문을 견디다 못해 의진의 본거지를 말하고 말았다. 일본군은 즉시 고천으로 추격해 왔다. 고천은 마을 이름대로 '높은 곳을 흐르는 내'라고 불릴 만큼 깊은 산골에서는 보기 드문 넓은 분지에 아흔여 호가 살아가는 제법 큰 마을이 있었다. 12월 11일 새벽녘에 고천으로 들이닥친 일본군은 산남의진 병사들을 찾는다며 집집마다 불을 질렀다. 반항하는 백성에게는 망설임 없이 총질을 가했다. 건조한 겨울바람을 타고 마을은 순식간에 불바다가 되고 말았다.

정환직은 병사가 돌아오지 않자 체포된 것을 알고는 이미 고천 마을을 빠져나간 뒤였다. 산남의진은 고천에서 쑥밭을 지나 천령산 계곡을 타고 내연산 방향으로 퇴각하고 있었다. 얼음으로 뒤덮인 계곡을 타고 불어오는 바람은 병사들의 발길을 더디게 만들었다. 그렇다고 불을 피울 수도 없었다. 뒤따라오는 일본군에게 위치를 알려 줄 수는 없었다. 정환직은 내연산이 얼마 남지 않은 풀밭에서 병사들을 쉬게 하였다. 그러나 이내 날이 밝았다. 의진이 있는 곳을 알아낸 일본군은 포위망을 좁혀 왔다. 아침 아홉 시 무렵 정환직은 일본군에게 잡히고 말았다. 일본군은 곧바로 그를 청하로 호송하였다.

14. 삼 대 의병장

최세윤은 군자금 모금 일을 하다가 정환직 대장이 체포당했다는 소식을 들었다. 의진을 잠시 떠나 있는 사이에 벌어진 일이었다. 바로 청하로 달려갔지만 만날 수가 없었다. 일본군은 정환직을 대구로 호송하던 중에 그가 살아 있는 게 부담스러운 나머지 영천 남교에서 참혹하게 살해하였던 것이다.

옹기점 주인이 안타까움에 발을 굴렀다.

"이제 오시면 어찌합니까. 벌써 돌아가셨다는 소문이 돌았다고요."

"아, 분하고 원통하다. 왜적에게 또 대장을 잃다니……."

의병들까지 흩어졌다는 소식이었다. 당장 무엇을 어떻게 해야 좋을지 막막하기만 했다. 집으로 돌아오는 발걸음이 천근

만근이었다.

오후 무렵에 정순기가 보낸 종사가 찾아왔다.

"부장께서 뵙고자 하십니다."

너무나 반가워서 그를 얼싸안았다.

"그래, 정순기 부장은 어디 계시느냐?"

"오늘 밤 천곡사로 오실 겁니다."

종사는 그 말만 남기고 급하게 사라졌다.

최세윤은 식구들을 한자리에 모았다. 식구들과 작별을 결심
했다.

"… 나라가 위태로운 지경에 빠졌다. 백성들이 곳곳에서 봉
기하여 싸우고 있단다. 너희에게 묻고 싶구나. 내가 어디에 자
리해야겠느냐?"

식구들에게 위급한 나라 형편과 백성의 도리를 이야기하였
다. 식구들도 이미 알고 있었다. 누구도 최세윤 앞을 막고 나서
지 않았다. 어느새 맏이 산두가 의젓한 스무 살 청년이 되어 있
었다. 그나마 마음 든든한 일이었다.

산두가 여덟 살 무렵부터 집안일보다는 바깥일에 매달리느
라, 집을 많이 비웠다. 집에 있을 때는 병든 모습만 보여 주고
다정한 아비 역할을 제대로 해 주지 못한 게 마음 아팠다. 막
내 산롱이는 아직 걸음마하는 아기였다. 한창 재롱 피우며 귀

여움 받을 때인데 아비 자리를 비워야 한다는 게 참으로 미안했다. 가장이 비운 자리를 메우며 묵묵히 가정을 이끌어 준 아내에게 고맙고 미안했다. 어머니 일손을 부지런히 돕는 두 딸에게도 그동안 사랑하는 마음을 온전히 전하지 못했다. 물끄러미 식구들을 둘러보는데 코끝이 시큰해 왔다. 고개를 돌렸다. 어쩌면 다시는 돌아오지 못할 거라는 생각이 들었다.

'너희 모습이 마지막이 아니었으면 좋겠구나.'

집을 나섰다. 앙상한 나뭇가지마다 찬 바람이 매달리며 소리쳤다. 정환직 대장을 잃었지만 의진은 계속 이어져야 한다는 외침 같았다. 차가운 바람이 가슴팍을 헤집고 들었다.

원학 스님이 천곡사 문 앞을 서성이고 있었다.

"산신각으로 드시지요."

"예."

최세윤은 별다른 인사말도 없이 산신각으로 갔다. 원학 스님은 뒤따르지 않고 최세윤이 밟아 온 산길을 살폈다.

산신각에는 불빛이 없었다. 헛기침을 두어 번 하고는 안으로 들어갔다. 안에서 두 사람이 일어서며 최세윤을 맞았다. 정순기와 이세기였다.

최세윤이 앉기를 권했다.

"앉읍시다."

정순기가 서둘러 말을 꺼냈다.

"급합니다. 장영을 한시라도 비워 둘 수 없습니다."

"병사들은 어떻게 되었습니까?"

"그래서 드리는 말씀입니다. 다들 흩어지고 우리 진영 병사들만 남았습니다. 모두 최 공을 기다리고 있습니다. 급히 의진을 수습하셔야 이 겨울을 날 수가 있습니다."

이세기가 최세윤에게 결심을 재촉했다.

"정환직 대장께서 이런 사태를 미리 아시고 보경사에서, 또 천곡사에서 장령들에게 누누이 일러 주신 말씀입니다."

"저도 알고 있습니다. '다음 산남의진을 책임질 사람은 최세윤이다.'라고 하셨지요."

그때 밖에서 인기척이 났다.

"소승 들어가겠습니다."

원학 스님이 찬 바람과 함께 안으로 들어왔다. 정순기와 이세기는 더 이상 말을 하지 않은 채 대답을 기다렸다. 원학 스님도 말이 없었다. 산신각에 마주 앉은 네 사람은 어둠 속으로 한참 동안 가라앉았다.

'과연 내가 앞선 두 대장의 뜻을 받들어 갈 수 있을까?'

백발이 성성하던 정환직 얼굴이 떠올랐다. 고민을 거듭한 끝에 최세윤은 보현산으로 들어갔다.

1908년 2월 3일, 설 다음 날이었다. 거동사에서 항일 투쟁을 하다가 순절한 영령들을 위로하는 위령제가 있었다. 명절이라 병사들이 부모와 형제, 자녀를 그리워하는 시간이기도 했다.

위령제를 마친 최세윤은 거동사 별채로 정순기, 이세기, 우재룡, 정래의 등 산남의진 장령 십여 명을 불러 모았다.

정순기가 방으로 들어서며 우스갯말을 꺼냈다.

"설음식 주시려고요? 병사들 두고 무슨 일이시오?"

"아무리 난중이라지만 우리 서로 세배는 나눠야지요."

정래의도 껄껄거리며 넙죽 방바닥에 엎드렸다. 최세윤은 입을 열지 않았다. 어떻게 이야기를 꺼내야 할지 첫마디가 생각나지 않았다. 그러자 장령들도 입을 다물고 최세윤만 바라보았다.

긴 침묵이 흐른 뒤, 이세기 중군장이 침묵을 깨고 무겁게 입을 열었다.

"저는 오늘 최세윤 대장께서 우리를 별채로 불러 모은 뜻을 알고 왔습니다. 정환직 대장께서 무참하게 살해당한 일은 너무 가슴 아프고 통탄할 일입니다. 하지만 지금 우리가 다급하게 처리할 일은 산남의진을 하루라도 빨리 재정비해서 왜놈과 싸워 나라를 되찾는 것입니다. 이것이야말로 우리의 도리이자 돌아가신 분들의 뜻을 받드는 길이라고 생각하는데 다들 어떻게 생각하십니까?"

우재룡이 고개를 끄덕이며 나섰다.

"이미 최세윤 대장이 너무나 많은 전과를 올렸지요. 그로 인해 우리 의진이 사기 충만해진 것은 여러분도 잘 아실 겁니다. 그 점을 기억하시고 오늘 여기서 산남의진의 새로운 대장을 공식 선포하여 새로이 의진을 꾸리도록 합시다."

"옳은 말이오. 더는 지체하지 말고 이 자리에서 정합시다. 난 평소 정환직 대장께서 '최세윤이 차기 대장감이다.'라고 누차 말씀하신 만큼 최세윤 공이 대장에 올라 우리 산남의진을 이끌어 줬으면 합니다."

정순기가 최세윤을 대장으로 추대하자 앉아 있던 장령들이 기다렸다는 듯 하나같이 적극적으로 찬성했다.

그러나 최세윤은 간곡하게 사양했다.

"정환직 대장께서 안타까운 일을 당하신 뒤 경황 중에 제가 나서서 의진을 거두어 겨울 동안 정신없이 적과 싸움을 벌여 작으나마 전과를 얻기도 했습니다. 그러나 앞으로 더 큰 승리를 생각해 보면 저는 양반 출신도 아니고, 그렇다고 글공부도 많이 하지 못한 사람입니다. 군사 전략에도 크게 밝지 않습니다. 두 분 정 대장님께서 이뤄 놓은 산남의진을 이끌 만한 능력을 갖추지 못했습니다. 제가 감히 산남의진 대장이 된다는 것은 가당치 않은 말씀입니다. 다른 분으로 결정하는 것이 옳은 판단이라 생각됩니다."

"더 이상 망설이지 마십시오. 최 공께서 대장을 맡는 것이 정용기, 정환직 두 대장의 뜻이자 우리의 소망입니다."

참석한 사람들은 입을 모아 최세윤에게 산남의진 대장을 맡아 달라고 강력하게 요청하였다. 몇 차례 사양하던 최세윤은 참석자들 바람을 끝내 거절할 수 없다는 것을 깨닫고 주저하던 마음을 바꾸었다.

"여러분이 말씀하신 뜻을 겸허히 받아들이겠습니다. 하지만 지금까지 해 왔던 것처럼 여러분 도움 없이는 뜻을 펼칠 수가 없습니다. 나는 을미년에 중전께서 왜놈들 칼날에 쓰러졌을 때 의병에 참여했습니다. 그러나 제대로 싸워 보지도 못하고 왕이 보낸 해산 명령으로 그 뜻을 끝까지 펼치지 못했습니다. 이제는 정환직 대장마저 순국한 마당에 제가 그 뜻을 받들고자 합니다. 저와 함께 목숨을 바쳐 이 나라를 살려 냅시다."

"좋소, 최 대장의 뜻이 바로 우리 뜻이오. 우리 모두 목숨 바쳐 최 대장을 따를 것입니다."

정환직 대장을 잃고 난 뒤에 미루어 두었던 산남의진 삼 대

대장으로 최세윤이 추대되었다. 정순기가 여러 장령 앞으로 나서며 최세윤 대장과 생사를 같이할 것을 결의하자고 제안했다. 모두가 일어나 서로 손을 굳게 맞잡았다. 뜨거운 열기가 손에서 손으로 전해졌다. 최세윤이 결연한 얼굴로 다시 말했다.

"위기에 처한 나라와 백성을 구하는 데 이 한목숨을 바치겠습니다."

목소리에는 힘이 넘쳤다.

"옳은 말씀입니다. 저희도 최 대장을 도와 이 나라를 구하는 데 생사를 같이할 것입니다."

참석자 모두 최세윤이 산남의진을 잘 이끌어 주기를 한마음으로 바랐다. 의병장이 된 최세윤은 정용기, 정환직 대장과 함께 나라를 구하다 왜놈들 총칼에 숨진 의병들 영전에도 맹세했다.

"만약 저 최세윤이 지금 처한 상황을 한탄해 물러선다면 훗날 공들을 무슨 낯으로 뵙겠습니까. 죽는 날까지 백성을 위해 싸우다 죽은 후 저세상에서 떳떳하게 공들을 만나겠습니다."

보현산 등성이를 타고 온 바람이 거동사를 휘감고 지나갔다.

15. 이어지는 승리

산남의진 재정비는 순조롭게 이루어지는 것 같았지만 전투 상황은 점점 더 어려워지고 있었다. 통감부는 '초토화 전술'이라는 의병 탄압책을 꺼내 들었고, 이에 따라 일본 군경은 조선인들을 더욱 악랄하게 탄압하기 시작했다. 1907년 9월, 일본군 사령관은 '한국민 일반에 대한 고시'를 발표했다.

의병이 귀순할 경우 그 죄를 묻지 않는다. 의병을 포박하거나 그 숨은 곳을 신고하는 자에게도 큰 상을 준다. 그러나 의진에 참여하거나 의병들을 숨겨 주는 자는 가차 없이 엄벌에 처할 뿐 아니라 그 책임을 마을 전체로 돌려 부락 전체를 엄중하게 처벌한다.

저항하는 조선 백성을 무차별 살해하며, 의병을 도와주는 마을도 아예 없애겠다는 내용이었다. 이어서 일본군 사령부는 지역 부대에 '토벌 작전 지침'을 내려보냈다.

… 특히 사건 발생 초기에는 일반 주민도 의병 폭동에 동조하여 그 것을 비호하는 경향이 있으므로, 토벌대는 내려보낸 고시에 따라 그 책임을 마을로 돌려 모두 주륙을 가하고, 또 마을 전체를 소각 처리할 것 …

'주륙', '소각'. 그야말로 야만적으로 살해하고 불을 지르겠다는 내용이었다.

일본이 초토화 작전을 펼치며 1907년 8월부터 12월 말까지 불과 오 개월 사이에 불태운 가옥만 사천여 채에 달했다. 잔혹한 작전에도 불구하고 일본 군경은 점점 두려움이 더해 갔다. 항일 활동은 거세어졌으며, 그때까지 친일 조정에 협조자로 활동해 오던 지방 관헌 중에서 일본에 등을 돌리는 사람이 생겨나고 있었다. 어른은 물론 어린아이들까지 노골적으로 반일 감정을 드러냈으며, 열다섯 살 전후 소년들이 앞다투어 의진에 참여하였다.

위기를 느낀 일본은 조선 주둔 병력을 크게 늘렸다. 1908년

5월, 조선에 추가로 두 개 연대를 더 들여왔다. 또 병력을 효과적으로 운용하기 위해 조선 주차군 사령부로 하여금 군, 헌병, 경찰을 통합 지휘하게 했다. 또 부대 간 연락망을 조밀하게 짜는 등 기동성 강화 조치와 함께 친일 단체인 일진회와는 별도로 사천 명이 넘는 헌병 보조원도 모집하였다.

이에 맞서 항일 운동도 더욱 거세어졌다. 1908년 의병 전투 횟수와 참가 의병 수가 천사백오십이 회에 육만구천여 명이나 될 정도였다. 1907년 삼백이십삼 회, 사만사천여 명이었던 것에 비하면 엄청나게 늘어난 것이었다. 전투 횟수가 많아질수록 피해도 커졌다. 안타깝게도 1908년에는 의병장들이 체포되거나 순국하는 일이 그 어느 해보다 많았다. 기삼연, 민긍호, 전해산, 이강년, 허위, 신돌석, 김수민 의병장이 그들이었다.

1908년 2월, 최세윤은 삼 차 거의의 깃발을 들었다. 산남의진 삼 기를 선포한 것은 2월이었지만 최세윤은 1907년 12월 11일 정환직이 체포된 뒤, 바로 달려와서 병사들 마음을 다독이며 대장 역할을 해 왔다.

최세윤 대장은 본진에서 핵심 부서장을 맡았던 정순기와 이차 거의에서 중군장을 맡았던 이세기를 중심에 세워 병사들 마음을 하나로 모았다. 먼저 두 장령과 함께 의진 형편을 살펴

보았다.

"현재 의진의 상황을 솔직하게 말해 주시오."

최세윤이 물었지만 정순기, 이세기 둘 다 말이 없었다.

"병력과 총포 현황은 어떠하오?"

"저어, 병력도 많이 줄었지만 총포는 턱없이 부족합니다."

병사도 많이 부족하고, 무기는 낡고 고장이 많았다. 지휘부
마저 사상자가 의외로 많았다. 특히 지역 백성들과 연락을 맡
아 줄 운량관이 없었다. 백성은 의진이 깃들일 숲이었고, 잠시
라도 쉬어 갈 수 있는 의지처였다. 백성들과 교류하며 병사를
모집하는 일, 군자금을 조달하는 일은 전투만큼이나 중요한
일이었다. 다른 의진과의 교류도 끊어진 상태였다. 일본 군경
은 시시각각으로 조여 오고 산남의진은 사라지기 직전이었다.
조직 정비와 새로운 전략 전술이 시급했다.

이세기가 슬쩍 눈치를 살피고는 힘들게 말을 꺼냈다.

"병사들을 고향으로 보내서 군량과 병사를 구해 보면 어떨
까요?"

최세윤은 바로 고개를 저었다.

"사기가 떨어질 대로 떨어진 병사들을 돌려보낸다면 과연 얼
마나 돌아올까요. 여기서 함께 생각을 모아 봅시다."

이세기도 더 이상 다른 말을 하지 않았다.

고심하던 최세윤은 은근하게 정순기를 불렀다.

"정 부장."

정순기는 어릴 때부터 최세윤과 이웃 마을에서 살았다.

"흥해 한 번 다녀오소."

최세윤은 미안한 낯빛을 보였다.

"무슨 일이라도?"

"아무래도 흥해 백성들 도움 좀……."

정순기는 최세윤이 하려는 말을 이내 알아챘다.

"다녀오지요. 흥해, 청하를 거쳐서 기계로 돌아오겠습니다."

"부탁합니다. 가시는 걸음에 신광 마북의 최 포수도 만나 보소. 그가 움직이면 각지에 흩어진 포수들을 모을 수 있을 겁니다. 칠포진에도 가 보시고. 만호진이나 진위대에 있었던 군관들을 찾아볼 수 있으면 슬쩍 마음을 떠보시고 뜻이 맞으면 데려오소."

정순기는 어금니를 악물면서 크게 고개를 끄덕였다.

최세윤은 쇠약해진 의진을 흥해 백성 중심으로 보강할 생각이었다. 그래도 들이 넓은 흥해와 안강, 기계에서 군량을 조달할 수밖에 없다는 생각이었다. '곳간에서 인심 난다.'는 옛말을 떠올리며 쓸쓸하게 웃었다. 특히 기대하고 있는 것이 포수들과 강제 해산된 대한제국 군인들이었다. 그들은 사격술을 따로 가르칠 필요가 없었으며, 전술과 전략을 이미 습득하고 있었다. 더구나 포수들은 산세와 지형에 대하여 누구보다 잘 알고 있었다.

정순기가 돌아왔다. 포수들이 총을 들고 의진으로 들어왔다. 칠포진에 있던 관군들도 여럿 참여하였으며, 백성들도 곳간을 넉넉히 열어 주었다.

"수고했소."

"백성들이 기꺼이 도와주었답니다. 포수와 군관 들도 우리를 기다리고 있었고요."

"그래요?"

"한 사람을 만났는데 굴비 꿰듯이 줄줄이 따라나섰답니다."

"오호, 고마운 일이오. 정말 고마운 일이오."

병력이 보강되면서 최세윤은 자신감을 얻었다. 전선을 넓혀 갈 필요를 느꼈다. 소규모 병력으로 각 지역 주재소나 분견소, 우편 취급소 등을 습격하다 보니 일본 군경 전력도 그곳에 몰려 있었다. 더구나 주재소와 분견소가 몰려 있는 동헌, 객사와 장시 주변에는 일본군이 조직한 변장대가 숨어 있어 그들에게 의진 위치가 드러날 수밖에 없었다. 그래서 감시망을 흩뜨려 놓는 작전이 더욱 필요했다. 먼저 형산강 너머인 영일, 장기 지역으로 전선을 넓혀 나갈 계획을 세웠다.

멀지 않은 장기의진의 장헌문 대장에게 연락하여 남과 북에서 한꺼번에 공격할 수 있는 연합 작전을 제안하였다. 합진과 분진은 공격을 쉽게 할 뿐만 아니라 적을 혼란에 빠뜨리는 일석이조의 효과가 있었다.

종사가 장헌문이 보낸 답장을 갖고 돌아왔다. 장기의진에서는 이달 중순에 공격하는 게 좋겠다고 했다.

최세윤은 장령들을 모았다.

"먼 길 갈 준비를 하시오. 이번엔 강을 건넙시다."

산남의진은 형산강을 건넜다. 일본군은 최세윤을 찾아 흥해와 청하, 청송, 의성 일대를 헤매고 있었다. 그사이에 최세윤은 은밀하게 장기 고을이 내려다보이는 동악산으로 진출하였다. 바다에서 불어오는 바람이 얼굴을 감쌌다. 경계병을 길목마다 배치하고는 병사들에게 휴식하라고 일렀다.

그리고 종사를 불렀다.

"장기의진에 가서 우리가 동악산에 있다고 알려라."

종사는 키 낮은 소나무 사이를 바람처럼 빠져나갔다. 알싸한 바닷바람이 한차례 불어왔다.

장기 분견소에서는 오직 장헌문 의진의 움직임에만 신경을 곤두세우느라 산남의진이 거기까지 올 줄은 꿈에도 생각하지 못하고 있었다.

장기와 산남, 두 의진 사이에 공격 시각이 은밀하게 오갔다. 장헌문이 보낸 서찰은 간결했다.

우리가 일본군 시선을 붙잡고 있겠소. 그들 병력이 빠지는 시각을 놓치지 마시오. 우리가 한 목적, 한마음으로 일어선 사람들임을 확인하여서 참 좋소.

해가 지고 있었다. 최세윤은 계곡과 바위틈에서 공격 신호를 기다리는 병사들을 둘러보았다. 마음을 다잡았다. 북두칠성이 더욱 차갑게 보였다. 종사가 알아 온 장기 고을 지리와 관공서 위치를 다시 한번 머릿속으로 그려 보았다.

이세기와 정순기가 다가왔다.

"퇴로를 잘 알고 있지요?"

"물론입니다."

"병사들이 상하지 않도록. 자, 그럼 새벽에 운제산 기슭에서 만납시다."

공격 명령이 떨어지자 병사들이 바람처럼 달려갔다.

장헌문 의진이 일본 군경의 관심을 돌리고 있는 사이에 산남 의진은 단숨에 장기 고을 순사 주재소를 습격하였다. 허둥대는 일본 순사 십여 명을 사살하고 무기를 탈취하였다.

최세윤이 소리쳤다.

"탄환 상자를 챙겨라!"

분견소를 뒤지던 정순기가 외쳤다.

"무기고를 찾을 수가 없습니다!"

"거기서 시간을 끌면 안 되니 빨리 이동하시오."

주재소에 이어 우편 취급소, 세무서 등 장기 지역 관공서 건물을 차례로 불태워 버렸다. 장기 고을에 있는 친일 건물은 죄다 없애 버렸다.

"퇴각하라!"

최세윤은 일본군이 몰려오기 전에 장기를 빠져나왔다. 뒤늦게 기습 소식을 듣고 급히 되돌아가는 일본 군경에게 매복해 있던 장기의진이 공격을 퍼부었다.

새벽녘에 운제산 기슭에 도착하였다. 장기의진과의 연합 작전은 대성공이었다. 운제산에서 하루를 쉰 뒤, 다시 형산강을 건너 비학산에 진을 쳤다.

이튿날 아침, 최세윤은 큰 나무에 몸을 숨기며 산 아래를 살폈다. 멀리 흥해 고을이 눈에 들어왔다. 곡강천을 따라 들이 펼쳐지고 그 가운데 옹기종기 마을이 앉아 있었다. 식구들 얼굴이 떠올랐다. 그러나 이내 고개를 흔들었다.

장기가 습격당했다는 소식을 듣고 흥해와 청하 주둔 일본군이 장기로 지원 나갔다는 소식이 전해졌다. 최세윤은 슬그머니 웃었다. 그 틈을 그냥 보고 있을 수가 없었다. 정순기를 선봉장으로 장기에서 거리가 먼 청하 오사리 공격 계획을 잡았다. 그곳에는 경주 소속 일본군 십 중대가 머물고 있었다.

"청하는 우리가 넘어가야 할 지역이오. 끊임없이 오사리나 청송 쪽을 두들겨서 왜군을 그쪽으로 모아 둬야 우리가 가려는 동대산 길이 열릴 것이오."

최세윤의 작전 지시에 의병들은 긴장하였다. 청하는 넓은 지역이었다. 다른 지역보다 일본군 병력이 많은 곳이기도 했다. 청하 오사리를 공격하면 청하 해안 지역과 청송 지역에 주둔하는 일본군을 산악으로 이동시키는 효과를 얻을 수 있었다.

정순기는 병사들에게 총기와 탄환을 배부하였다.

"많이 필요하지 않을 것이네."

정순기는 병사들에게 장비를 가볍게 하라고 지시하였다.

"옳습니다. 일본군 대부분이 장기로 이동했기 때문에 기본 인원만 있을 거요. 이번 작전에서 중요한 것은 군부대를 파괴하고 총기와 탄환을 탈취하는 것이오."

최세윤 말 뒤에 선봉을 맡은 정순기가 덧붙였다.

"그곳에서 오래 머물지 않는다. 신속하게 맡은 일을 수행하고 명령에 따라 바로 퇴각한다."

오사리 부대에는 보초들 몇이 남아 있었는데 의병들이 총을 쏘면서 들이닥치자 싸울 생각도 하지 않고 숲속으로 도망쳐 버렸다. 정순기는 손을 들어 쫓아가지 못하게 막았다.

"먼저 총기와 탄환을 찾아내서 옮겨라."

병사들은 건물마다 문을 박차고 들어가서 총기와 탄환 상자를 들고 나왔다.

한 병사가 투덜댔다.

"총알이 많지 않습니다."

생각만큼 수가 많지 않았다.

"그들도 우리가 노리고 있다는 걸 알아챈 모양이야. 그만하면 됐어."

최세윤이 정순기에게 신호를 보냈다.

"본진은 퇴각하겠소. 뒷일을 맡아 주시오."

정순기가 고개를 끄덕였다. 본진이 빠져나가자 정순기는 남은 병사들을 데리고 물러서더니 각각 손에 쥔 기름 뭉치에 불을 붙였다. 병사들이 불붙은 기름 뭉치를 건물 쪽으로 던졌다. 순식간에 건물들이 불타올랐다.

"여기는 우리 땅이다. 네놈들이 차지할 땅은 어디에도 없다."

정순기는 건물들이 무너져 내릴 때까지 버티고 서 있었다.

최세윤은 정순기 부대를 기다렸다가 현내와 두마를 지나 보현산으로 숨어들었다.

2월 28일, 포항에 주둔한 일본군이 산남의진을 공격할 거라
는 정보를 얻었다. 장령들을 도소로 불렀다. 이때 산남의진은
보현산을 떠나 남쪽인 북안으로 이동하고 있었다.

"적이 우리가 있는 곳을 알아낸 것 같소. 북쪽 시티재를 넘
어 차당천을 따라 올 것 같소."

장령들 중 하나가 외쳤다.

"걱정할 것 없습니다. 병사들 사기가 올라 어떤 적도 물리칠
수 있습니다. 우리가 승리할 것입니다."

최세윤은 헛기침을 하고는 자리를 당겨 앉았다.

"우리는 아직 승리하지 못했소. 진정한 승리는 왜놈들을 이
땅에서 완전히 몰아내는 것이오. 우리는 지금까지 작은 전과
만 있었을 뿐이오. 그러므로……."

말을 끊고는 장령들을 둘러보았다. 민망해진 장령들이 고개
를 돌리거나 천장을 쳐다보았다.

"… 그러므로 그 어떤 전투에서도 긴장을 늦춰서는 안 되오.
적들이 우리를 집요하게 따라붙는 것을 보면 그들도 준비를
단단히 했을 것이오. 우리 병사들에게 긴장을 늦추지 않도록
해 주시오."

장령들이 긴장한 채 돌아가자 정순기가 조심스럽게 물었다.

"언제쯤 맞닥뜨릴 것 같습니까?"

"내일이 될 것 같소. 이번에는 유격전이 아니라 정면으로 맞
선다는 게 걱정이오."

정순기도 걱정스러운 얼굴이었다.

"교전이 벌어지면 우리 쪽 희생도 만만찮을 텐데."

"그래서 말인데 우리가 가지고 있는 총기와 탄환을 점검해
주시오."

"작전 지시는 언제 내릴 겁니까?"

"종사 몇을 내려보냈소. 그들이 적의 이동 위치와 병력 규모
를 알아보기로 했소."

저녁 무렵에 종사들이 돌아왔다.

"왜군도 단단히 준비하고 오는 게 분명합니다. 빈틈이 없어
요."

종사가 전하는 말을 듣고 있던 정순기가 최세윤을 바라보았
다. 최세윤은 어금니를 지그시 물었다. 전면전에 들어갈 수밖
에 없었다. 장령들을 다시 도소로 모았다.

"적이 가까이 왔소. 지금까지 우리가 했던 전투 모양이 달라
졌소. 공수가 바뀌었다는 말이오. 우리가 치고 빠지던 전술이
이번에는 우리는 지키고 적들은 치고 들어오는 형태입니다. 그

러니까 그들이 공격해 올 길목을 찾아 먼저 높은 위치에 개인 호를 파고 전투 준비를 해야 합니다."

장령들 얼굴이 굳어졌다. 자신만만하던 모습이 사라졌다.

"그러나 걱정하지 마시오. 우리에게 유리한 점도 있소. 그들이 비탈을 올라야 하니 기관총과 야포를 설치하기까지 시간이 오래 걸릴 거요. 그 말은 전투 초반에는 기관총과 야포를 사용하지 못할 거라는 말입니다. 그러므로 전투 초반에 우리가 가진 화력을 집중하여 그들을 섬멸해야 합니다. 부장들은 종사가 그려 온 왜군의 예상 이동로를 보시고 병사들 매복 위치를 잡아 주시오."

정순기는 병사들에게 총기와 탄환을 충분히 나누어 주었다. 병사들은 정해진 위치로 가서 호를 만들고 매복에 들어갔다. 날이 밝아 오자 일본군이 보이기 시작했다. 병사들이 바짝 긴장하여 총을 더욱 바투 잡았다.

"사격 명령이 있을 때까지 기다려라!"

최세윤이 병사들의 전투 의욕을 일깨웠다.

"적들은 노출되어 있고, 우린 숨겨져 있다. 우리가 유리하다. 불안과 두려움을 떨쳐 내라."

일본군이 점점 다가오고 있었다. 맨 뒤에 무거운 기관총과 야포가 올라오고 있었다. 최세윤이 정순기에게 눈짓했다.

"야포와 기관총이 움직이지 못하게 막으시오."

정순기가 주먹을 불끈 쥐어 보였다. 조금 뒤 일본군이 사격권 안으로 들어왔다.

"사격하라!"

숨어 있던 병사들이 일제히 방아쇠를 당겼다. 앞서 오던 적들이 쓰러졌다. 그러나 일본군도 만만치 않았다. 이내 대응 사격을 해 왔다. 정순기 부대는 야포와 기관총 호송병을 향해 집중 사격을 퍼부었다. 호송병들이 쓰러지면서 야포와 기관총들이 무게를 이기지 못하고 비탈에 뒹굴었다.

점심나절이 지나도록 전투가 계속되자 병사들은 지쳐 갔다. 쓰러지는 병사도 생겨났다. 총알도 바닥을 보이기 시작했다. 그런데 살아 있는 일본군이 사격권 밖으로 물러나고 있었다.

"적들이 물러나고 있습니다. 진격하여 저들을 모두 처단합시다."

정순기는 빨리 명령을 내려 달라는 듯 크게 외쳤다.

"아니, 쫓기는 적을 공격하지 마시오."

"모두 섬멸할 기회입니다. 저들이 우리 백성을 얼마나 가혹하게 대했는지 아시잖습니까."

"우리 병사들 희생도 따를 것이오."

머쓱해진 정순기가 고개를 끄덕였다.

"하긴 야만스러운 저들과 우린 다르지요."

물러난 일본군은 지원군을 기다리는 모양이었다. 적극적인 사격을 하지 않고 시간을 끌고 있었다. 의진을 뒤로 물려야겠다고 판단한 최세윤은 정순기에게 말했다.

"본진을 뒤로 물릴 테니 정 부장이 맡은 이 진은 본진의 퇴각을 엄호하다가 빠져나오시오."

정순기는 고개를 크게 끄덕이고는 적을 향해 사격을 퍼부었다.

"우리가 남은 일본군 발을 묶어 둘 테니 빨리 빠지시오."

최세윤은 본진을 일본군 뒤로 돌아서 기계 운주산으로 퇴각시킨 뒤 이 진을 기다렸다. 다행히 이튿날 새벽녘에 정순기 부대가 도착하였다.

영천 북안 전투는 승리였다. 일본군은 장비뿐만 아니라 병력 대부분을 잃고 주저앉고 말았다. 의진도 병사 다섯 명이 숨지고, 스무 명이 크게 다치는 피해를 입었다. 나라가 제구실을 했으면 부지런한 농부로, 성실한 가장으로 살고 있을 텐데 그러지 못하고 싸움터로 달려와서 목숨을 잃은 게 너무나 안타까웠다. 전사한 병사들 장례를 치르는 것도 어려웠다. 부상자 치료도 서둘러야 했다. 최세윤은 병사들을 쉬게 하고는 어둠에 몸을 숨기며 안국사로 내려갔다. 스님께 부탁해 볼 참이었다.

16. 종사 동수

늦은 시각인데도 대웅전에 불이 켜져 있었다. 최세윤은 종사를 절 문에 두고 혼자 대웅전 안으로 들어갔다. 문을 여닫는 바람에 촛불이 일렁였다. 스님 한 분이 기도 중이었다. 최세윤은 법당 구석에 몸을 숨기고는 기도가 끝나기를 기다렸다.

"이리 나오셔서 하실 말씀을 제게 주시지요."

스님은 마치 기다리고 있었던 것처럼 말을 붙여 왔다.

"저는 산남의진 최세윤이라고 합니다. 부탁이 있어서 찾아왔습니다. 어제 전투로 사상자가 많이 생겼습니다. 한곳에 느긋이 머물 수 없는 처지라서 이들을 돌볼 수가 없습니다. 스님께서 자비를 베풀어 주십시오."

스님이 자세를 바꾸며 최세윤을 보고 앉았다.

"알고 있습니다. 낮에 원학이 다녀갔습니다."

최세윤은 깜짝 놀랐다.

"원학 스님이 여기 오셨다고요? 어디로 가셨습니까?"

스님은 빙그레 웃었다.

"곧 만나게 되실 겁니다. 돌아가신 분들은 여기로 운구해 주
시고, 다친 분들은 요사채로 모시세요. 영령도 저희가 위로해
드리지요. 다친 분들은 원학이 불자들과 함께 돌볼 것입니다.
날이 밝기 전에 모든 일을 마쳐야 하니 서둘러 주십시오."

그는 스님 앞에서 '예, 예' 소리만 하였다. 하고 싶었던 말을
스님이 죄다 해 주었다. 서둘러 달라는 말만 귀에 남았다. 본
진으로 돌아온 최세윤은 장령들에게 시신을 안국사 뜰로 옮
기고 부상자는 요사채로 옮기도록 지시했다. 그러고 나서 다시
안국사 요사채로 달려갔더니 원학 스님이 벌써 소매를 걷어붙
이고 부상병을 돌보고 있었다.

"스님! 저희 형편을 용케 아시고 오셨습니다."

"허어, 참. 떠돌이 중이 가지 않는 곳이 있습니까. 제가 늘
말씀드렸지요. 가지 않는 곳이 없고 듣지 못하는 말이 없다고.
다친 사람들은 제가 돌볼 테니 어서 가세요. 여기는 일손이 많
답니다. 기계와 영천 불자들께서 도우러 오셨네요."

스님은 최세윤이 인사 차릴 시간도 주지 않고 등을 밀었다.

"고맙습니다. 고맙습니다."

인사를 하는 둥 마는 둥 요사채를 나서는데 한 젊은이가 최세윤을 불러 세웠다.

"대장님, 저를 알아보시겠습니까?"

어둠 속이라 얼굴을 자세히 살필 수 없었다.

"글쎄, 누군지?"

그는 한 발 더 가까이 다가왔다.

"정용기 대장님이 전사하신 날, 제가 대장님 댁으로 달려간 종사였지요."

그러고 보니 얼굴이 익었다.

"그래, 내가 집으로, 홀로 계신 어머께 가라고 일렀지. 잘 지냈는가?"

"예, 부상자가 많고 일손이 없다기에 어머니와 함께 달려왔습니다."

최세윤은 너무나 반가운 나머지 젊은이 손을 와락 잡았다.

"고맙네. 자네가 이렇게 마음을 써 주니 힘이 솟네. 여기 일을 잘 부탁하네."

바쁘게 돌아서려는데 젊은이가 또 붙들었다.

"저를 데려가 주십시오. 종사로 써 주십시오."

"아닐세. 자네는 아직 나설 나이가 아니네. 또 어머니를 홀로 두면 안 되지."

젊은이 어머니까지 나섰다. 겸손하고 부드러운 목소리였다.

"거두어 주세요. 저희는 정 대장 댁에 신세를 많이 지며 살았습니다. 두 분이 돌아가시고 나니 신세 갚을 기회를 잃고 말았답니다. 이렇게라도 도와야 저희 마음이 편할 거 같아서 그럽니다."

"위험한 싸움터입니다. 잘못될 수도 있습니다."

"대장님께서 제 아들을 지켜 주세요."

어머니가 하는 한 마디, 한 마디에는 진심과 간절함이 담겨 있었다. 최세윤은 더 거절할 수가 없었다. 어머니에게 허리를 굽혀 고마운 마음을 전하고는 서둘러 절 문을 나섰다. 모자와 이야기 나누는 모습을 고스란히 보고 섰던 원학 스님이 최세윤의 등에다 한마디 던졌다.

"처사님, 젊고 귀한 목숨입니다. 잘 지켜 주소."

최세윤은 젊은이를 데리고 운주산 비탈을 내달았다. 의진에 도착할 무렵에야 걸음을 늦추며 숨을 몰아쉬었다.

"자네가 이렇게 와 버리면 어머니는 어떻게 지내실 건가?"

"어머니는 안국사에 계실 겁니다. 세상을 떠나신 두 분 대장님 명복을 빌면서 제가 돌아갈 때까지 거기서 기다리실 겁니다."

"자네가 돌아갈 때까지……."

갑자기 가슴이 먹먹해졌다. 자식을 기다리는 일, 아들을 그리워한다는 일이 얼마나 가슴 저린 일인가를 최세윤은 잘 알고 있었다. 흥해에서 일본 군경이 주는 모멸감을 견디며 아버지를 기다리고 있을 자식들과 아내 얼굴이 떠올랐다.

"자네 이름은 뭔가? 그때 이름을 물어보지 않은 것 같네."

"동수라고 합니다."

"그래, 동수. 늘 내 곁에 머무르게."

슬픔을 오래 가지고 있을 수 없었다. 날이 밝자 최세윤은 장령들을 모았다. 병사들은 이어진 전투로 모두 지쳐 있었다. 엎친 데 덮친 격으로 일본 군경이 곳곳에서 최세윤을 찾고 있다는 정보를 종사들이 가져왔다.

평소 진중하고 말을 아끼던 모습과는 다르게 최세윤은 작전 지시를 길게 하였다.

"우리는 소중한 병사들을 잃었습니다. 그 어떤 승리도 병사 목숨보다 소중하지는 않습니다. 될 수 있으면 적과 마주하여 교전을 벌이는 일은 피하는 게 상책이오. 우리 병사들 목숨을 아끼자는 것이오. 그래서 각 부장을 중심으로 상황에 따라 분진과 합진을 통해 일본군을 혼란에 빠뜨리는 유격 전술을 중심 전술로 쓸 것이오. 부대를 적은 수로 편성하여 같은 시각에 여러 곳을 습격하면 우리에게 충분히 승산이 있을 것이오."

장령들도 모두 고개를 끄덕이며 동의했다.

그는 다시 말을 이었다.

"관동으로 진격하는 게 산남의진의 목표였소. 정용기, 정환직 대장의 뜻도 역시 그러했소. 그러나 지금까지 우리 의진은 겨우 영덕 땅 초입을 밟는 데 그쳤소. 그래서 오직 관동 진격에만 몰두할 게 아니라 산남 지역에서 적과 싸우면서 힘을 기르는 게 좋겠다는 생각이오. 장령들 생각은 어떻소?"

우재룡이 나섰다. 영천 사람으로 정환직을 가장 가까이서 보좌하며 항상 전투에 앞장섰던 사람이었다.

"관동 진격을 포기하자는 말씀은 서울 진공과 임금을 포기하자는 겁니까?"

장령 모두 우재룡에게로 눈길을 돌렸다. 그는 다른 눈들을 의식하지 않고 최세윤을 똑바로 바라보았다.

최세윤이 대답도 하기 전에 이규필이 재빨리 나섰다.

"나는 대장이 발표한 이 작전이 좋다고 생각하오. 지금 임금은 일본이 조종하고 있소. 임금을 구한들 임금이 백성을 지켜주지는 못할 것이오. 나는 허수아비 같은 임금보다 백성을 구하기 위해 싸우고 싶소. 그러므로 우리 지역 왜놈부터 물리치자는 것이오. 서울은 그다음이라고 봅니다."

장령들이 웅성거리기 시작했다.

이를 눈치챈 정래의가 얼른 앞으로 나섰다.

"이 부장, 말이 너무 나갔어."

최세윤은 오히려 정래의를 말렸다.

"괜찮소. 이 자리에서는 어떤 생각이라도 편하게 나눕시다. 그러면서 전체 생각을 모아 가는 게 좋겠소. 생각이 같아져야 행동도 같아질 수가 있소. 그게 우리 의진을 하나로 만드는 힘이 될 거요."

최세윤은 누구나 어떤 말이라도 마음 편하게 할 수 있게 하였다. 평소에도 그는 스스로 말을 줄이고 장령들이나 병사들 말을 끝까지 들으려고 애썼다. 이야기는 점점 길어졌다. 서로 마음을 숨기지 않고 생각을 모두 드러내 놓고 토론을 이어 갔다. 이야기가 쉽게 끝날 것 같지 않자 정순기가 최세윤 가까이 왔다. 최세윤은 눈짓으로 그를 도소 밖으로 내보냈다. 정순기는 벌써 며칠째 기계 일대를 은밀히 다니며 군자금을 모으고 있었기에 서둘러 자리를 떴다.

이세기가 나섰다.

"이야기가 이 자리에서 끝날 것 같지 않소. 어쨌든 우리가 나라를 위해, 백성을 구하기 위해 싸우는 것은 틀림이 없소. 여기서 중요한 것은 우리가 맞서야 할 적은 왜놈이라는 것이오. 그러니 어디서 싸우든지 그게 무슨 상관이겠소?"

말을 마친 이세기는 주위를 둘러보았다. 이 정도에서 끝을 내자는 표정이었다. 고집스럽게 서로 맞서며 자기주장을 펼치던 우재룡과 이규필도 고개를 끄덕였다.

그제야 최세윤이 나섰다.

"오랜만에 장령들이 주고받는 이야기를 듣게 되어서 내 속이 다 시원하오. 우리 서로 생각을 존중해 가다 보면 생각도 하나로 모일 것이오. 지금까지 이야기한 대로 먼저 각처 의진과 연락하면서 공동 작전을 펼친다면 전 국토가 전선이 되어 백성을 억압에서 구해 내는 그날이 좀 더 빨리 오리라고 생각합니다."

장령들이 부대로 돌아가고 나자 도소 앞을 얼쩡거리며 이야기를 엿듣고 있던 마북 최 포수가 박수를 치며 들어왔다.

"대장님, 오늘 이야기 중에 저는 이규필 부장 말에 마음이 끌리네요. 암요, 벼슬아치에게 치이고, 왜놈 군경에게 쫓기는 우리 백성을 위해 내 총을 쏘고 싶구먼요."

최 포수와 이규필은 보은 봉기에도 같이 다녀온 사이였다. 이를 알고 있는 최세윤은 그냥 환하게 웃어 주었다. 한 번 웃음으로도 서로의 마음을 읽을 수 있었다.

최세윤은 같은 바위에 최 포수와 등을 나란히 기대고 앉았다.

"보은 봉기 때는 어땠소?"

최 포수는 최세윤을 슬쩍 돌아보았다. 존대가 익숙지 않은 모양이었다.

"대장님, 그냥 편하게 하시는 게 좋겠구먼요."

이번에는 최세윤이 최 포수를 돌아보았다.

"보은 일은 지금 생각해도 미안할 뿐이오."

함께 가지 못한 게 여전히 마음에 걸렸다.

"별말씀을요. 하기야 그때는 저도 조금은 섭섭했죠."

"원망도 많았겠지요?"

"원망이라기보다 좀 무시당한 기분이라고 할까. 갈 때는 용기가 넘쳐서 힘든 줄을 몰랐는데 돌아올 때는 정말 죽을 맛이었구먼요. 이룬 게 아무것도 없고, 상한 사람도 여럿 되었으니까요."

최세윤은 소나무 껍질 같은 최 포수 손을 지그시 잡았다.

"미안하오."

"아이쿠, 대장님도 참. 다 지난 일인걸요."

걱정은 이어졌다. 마을로 내려간 정순기 일행이 떠올랐다. 은밀하게 다닌다고 하지만 곳곳에 친일파들이 손을 뻗치고 있었다. 일본 군경보다 친일파 첩자들을 피하는 게 점점 더 어려워졌다. 최세윤은 일찍부터 일본 군경에 대한 공격뿐만 아니라 일진회를 비롯한 친일 단체와 친일 첩자들에 대한 응징도 필요하다고 생각했다.

17. 친일파 처단

새벽녘에야 정순기가 돌아왔다.

최세윤은 정순기의 손을 잡았다.

"고생했소."

손이 얼음장처럼 차가웠다. 정순기는 최세윤을 잡고 한쪽으로 가서 속삭였다.

"이홍구를 잡을 기회가 왔어요."

"무슨 좋은 정보라도?"

"예, 아주 중요한 정보를 기계 이씨 문중에서 귀띔해 줬어요."

경주 일진회장을 지낸 친일파 이홍구가 모친상을 치르기 위해 물밤 마을로 올 거라고 했다.

"그게 언제라고 했소?"

"오는 열아흐레 장날입니다."

"마음에 둔 계획이라도 있소?"

"예, 늦은 오후 무렵에 인비 장 앞에서 그를 칠 것이오. 장꾼들이 돌아가느라 장바닥이 부산할 때, 딱 그때입니다."

그는 정순기 손을 굳게 잡았다.

"좋소."

장날, 최세윤은 위험에 대비하여 발이 빠르고 사격에 뛰어난 병사 사십 명을 같이 보냈다. 정순기가 인비 장을 처단 장소로 정한 이유가 있었다. 인비 장은 물밤 마을과 기계, 죽장, 영천, 영일로 오갈 수 있는 네 갈래 길이 교차하는 지점으로 사방이 열려 있었다. 더구나 의진이 잠복하고 있는 운주산에서 내려다볼 수 있는 곳이기 때문에 일본 군경이 오기 전에 빨리 빠져나올 수가 있었다.

정순기는 장꾼으로 가장한 의병들을 시장 곳곳에 미리 잠복시켜 혹시 나타날 일본 군경을 막게 하였다. 그리고 자신은 일본 순검으로 변장하고는 일본 앞잡이 이홍구를 기다렸다. 예상한 시각이 되자 이홍구가 말을 타고 거들먹거리며 나타났다.

"상주 주제에 양복 입고 오는 놈 꼴 좀 보소."

미리 짠 장꾼들이 이홍구가 오고 있음을 알렸다.

"순검을 해야 하니 말에서 내리시오."

정순기가 앞을 막으며 말을 세웠다.

장꾼으로 가장한 의병 여러 명이 이홍구를 에워쌌다.

"이 장돌뱅이들이 뭐 하는 짓이야!"

정순기가 말고삐를 잡아챘다.

"빨리 내려. 순검 몰라?"

"나 이홍구야. 경주 이홍구라고!"

이홍구는 거드름을 피우며 말에서 내리지 않은 채 명령조로 말했다. 부끄러움을 모르는 모습에 흥분한 젊은 의병이 이홍구를 향해 화승총을 겨누며 호통쳤다.

"네놈은 일진회도 모자라 자위단까지 만들어 우리 조선인들을 탄압한 놈이야! 왜놈들 개노릇 해 온 네놈은 바로 우리 조선의 원수다. 그런 놈이 무슨 낯짝으로 큰소리를 치고 난리야! 하늘 부끄러운 줄 알아야지. 우리 산남의진은 역적을 처단한다!"

화승총이 불을 뿜자 이어서 곁에 섰던 병사도 총을 발사했다. 이홍구는 앞으로 고꾸라지며 말에서 떨어졌다. 이홍구를 처형한 의병들은 급히 자리를 떴다. 이튿날 경주 경찰 분서장은 대구 경찰서장에게 다음과 같이 보고했다.

… 이홍구는 일찍이 경주 일진회장이었으며, 대구로 이사 가서 살다 최근 다시 경주로 와서 자위단 설립에 크게 기여하였다. 특히 조선

인 폭도 체포에 관하여서는 수차례 본 경찰 분서에 밀고하고 또 순검과 동행하는 등 매우 열성적으로 경주 경찰 분서를 위해 일하였으나 불행히도 폭도들 총에 맞아 사망하고 말았다.

이홍구를 처형한 다음 날, 최세윤은 의진을 운주산 남쪽, 어래산으로 이동시켰다. 경주 경찰 분서에서 일본 군경이 추격해 올 게 뻔하기 때문이었다. 미리 유리한 고지를 차지하고 그들을 기다렸다.

오후에 일본 군경이 나타났다. 그들은 운주산을 넘어 어래산까지 오느라 몹시 지쳐 있었다. 어래산 비탈길을 오르는 적을 향해 의진은 일제히 사격을 가하였다. 전투는 오래가지 않았다. 불리함을 깨달은 그들은 멀리 기계천까지 물러났다. 최세윤은 그 틈을 타서 의진을 두 개 분대로 나누었다. 인원을 적게 할수록 이동이 쉽기 때문이었다.

최세윤은 북안 전투로 부족해진 무기, 특히 총알을 걱정하고 있었다.

"이 진은 도덕산으로 가시오. 그리고 내일 안강 주재소를 습격하고 한 열흘 쉰 뒤에 청송 주왕산에서 합진합시다. 무기, 무기 탈취를 잊지 마시오."

정순기는 고개를 두어 번 끄덕이고는 산비탈을 내달렸다.

그 뒤로 이 진 병사들이 따라붙었다.

"최 포수, 포수들 장비가 무거울 텐데 빨리 움직일 수 있겠소?"

"걱정하지 마소. 평생 산을 탄 사람들입니다. 대장님 발뒤꿈치 뒤에는 늘 내가 따라붙겠소. 저기 후봉장에게나 잘 따라오라고 일러 주소."

그는 같은 포수 출신 최치환을 걱정하고 있었다. 최세윤은 그런 최 포수를 보며 씽긋 웃어 주었다. 항상 여유로운 그가 참 좋았다. 그의 말대로 후봉장 최치환에게 목적지를 일러 준 뒤에 이 진과 다른 방향으로 달렸다.

정순기가 맡은 이 진은 도덕산으로 향했으며, 일 진은 최세윤이 직접 지휘하여 영일 달밭을 거쳐 도음산으로 넘어가 하루를 머물렀다. 잠깐 숨을 돌린 의진은 흥해와 경주 북쪽 안강에서 동시에 일본군과 전투를 벌였다. 경주 경찰 분서 소속 일본 경찰들은 이튿날 재정비하여 뒤늦게 어래산을 뒤지다가 안강과 흥해에서 전투가 있었다는 소식을 듣고는 경주로 돌아갔다. 일본 군경은 그야말로 산남의진의 행방을 찾느라 허둥대다가 뒤통수를 맞곤 했다.

3월 12일, 일찌감치 주왕산에 도착한 최세윤은 정순기가 이끄는 이 진을 기다렸다. 봄이라고 하지만 밤공기는 차가웠다.

찬 기운이 병사들을 더욱 힘들게 했다. 흥해 백성들이 중심이 된 의진은 고향에서 멀어질수록 지형이 낯선 만큼 두려움도 커졌다.

짙은 어둠을 뚫고 나타난 정순기가 길게 숨을 토해 냈다.

"길이 예전보다 멀게 느껴지네요."

그 모습에 최세윤은 가슴이 아릿해졌다. 잘 먹지도 못하고 늘 쫓겨야 하는 병사들 모습이 안쓰러웠다.

"밤공기가 차서 그럴 거요."

추위와 험한 길에 지친 병사들에게 따뜻하게 먹일 게 마땅치 않았다. 그렇다고 불을 지필 수도 없었다. 부득이 청송 출신 서종락을 종사와 함께 마을로 내려보냈다. 한참 뒤에 종사 혼자 달려왔다.

"서 부장은?"

최세윤은 사람이 보여도 걱정, 보이지 않아도 걱정이었다.

"대장님, 서 부장이 아는 집을 찾아갔는데 반갑게 맞아 주었어요. 우리 의진을 챙기겠다고 했어요."

"그게 참말이냐?"

반갑기는 했지만 한편으론 걱정이 앞섰다. 잘못하다가는 죽장 전투에서처럼 한꺼번에 병사를 다 잃을 수 있기 때문이었다.

그는 다시 물었다.

"자네가 보기에는 믿을 수 있겠던가?"

"온통 청송 심씨네 마을인데 집마다 병사들을 나누어 먹이겠다고 했어요."

"오호, 그런 말까지 했단 말인가. 이 산골에도 사람을 귀하게 여기는 어진 분이 있었군."

고마운 일이었다. 하늘이 도와서 따뜻하게 밤을 보낼 수 있게 되었다는 생각이 들었다.

이튿날 새벽, 마을을 빠져나온 의진은 일월산으로 향했다. 일월산으로 들어온 안동 주둔 일본군과의 전투가 계획되어 있었다. 싸움에서 병사들 피해를 적게 한다는 생각으로 작전을 짜고, 먼저 공격을 한 뒤에 빠져나왔지만 희생을 아주 막을 수는 없었다. 먼 거리 이동과 이어진 싸움으로 병사 오십 명이나 목숨을 잃는 아픔을 겪어야 했다.

최세윤은 다시 보현산으로 돌아왔다. 오십 명의 전사는 큰 희생이었다. 곰곰이 그 원인을 따져 보았다. 지금까지 의진은 일본군 분견소, 순사 주재소를 기습 공격하여 승리를 거두었다. 그러나 일본군이 특별 토벌대라는 특수 부대를 조직하여 의진을 추격해 오면서 의진은 공격에서 방어하는 형태로 전투가 바뀌고 있었다. 최세윤은 무릎을 쳤다. 원인이 거기에 있었다. 그는 새로운 싸움을 준비했다.

18. 전략 변화

　최세윤은 각 지역 책임자까지 장령들을 다시 모았다. 지난번
에 결론을 내리지 못한 진로에 대해 다시 의논하고 싶었다. 관
동 진격을 통한 서울 진공 작전을 당분간 중단하고 산남 일대
에서 지구전을 통한 유격전을 펼치는 게 효과적이라는 판단이
었다. 시간이 또 지났기 때문에 장령들 생각을 다시 묻고 결론
을 얻고 싶었다.

　최세윤이 말을 꺼내기 전에 우재룡이 벌떡 일어섰다.

　"십삼도창의대진소에 따른 서울 탈환 작전 실패를 거울로
삼아야 할 것입니다. 그래서 저도 생각을 바꾸었습니다. 지난
번 제 고집을 사과드립니다."

　우재룡은 제자리에서 맴을 돌며 장령들에게 우스개 삼아 꾸

벅구벅 허리를 굽혔다. 장령들이 껄껄대며 웃었다. 정순기가
빙그레 웃으며 우재룡을 놀렸다.

"우 부장, 죄를 크게 지었나 봐."

"죄라면 큰 죄지요. 이번에 우리 병사들 여럿을 잃고 나니
정신이 번쩍 들었소. 일본군은 점점 강해지는데 우린 변하지
않았잖소. 특히 이번에 열대여섯 먹은 어린 병사들 희생을 보
면서 그게 다 내 잘못인 것만 같아 잠을 못 자겠소."

우재룡은 말끝을 흐렸다. 다들 가슴이 젖어 왔다. 어린 나이
에 의진을 찾아온 젊은이들이 희생되고 있었다. 아무도 말을
꺼내지 못하였다. 최세윤도 말없이 지난번 전투를 떠올렸다.
그러나 잠자코 있을 수만은 없었다. 먼저 앞으로의 작전 계획
을 자세하게 설명하였다.

"산남의진의 목표였던 서울 진공 작전은 현 상황에서는 더
이상 전개하기 어렵습니다. 다른 의진들도 각 지역 실정에 맞
게 전투 형태를 바꾸고 있다는 것을 잘 알고 계실 겁니다. 우리
도 각 지역을 중심으로 거점을 확보해 유격전 형태로 투쟁했으
면 합니다. 이 같은 계획 변경은 왜놈들 탄압에 굴복하는 것이
아니라 우리 측 손실을 줄이고 적을 효과적으로 무찌르기 위
한 전략임을 알아주시면 고맙겠습니다. 조직을 새롭게 갖춰,
새로운 각오로 산남의진의 기치를 높이 들도록 합시다."

"새로운 각오로 먼저 간 병사들 원한을 갚고, 왜놈들을 이 땅에서 몰아냅시다."

청송에서 달려온 서종락도 새로운 작전 계획에 찬동했다. 특히 지역별 의진 구성에는 적극적인 지지를 보냈다.

"이동하는 데 기운 다 빼고 나면 정작 전투에서는 제대로 힘을 발휘하지 못한다고요."

그 말에 먼 길을 달려온 지역 의진 장령들이 크게 고개를 끄덕였다. 그러나 한둘은 이 차 창의 대진소에 가담해야 한다는 주장을 펼치기도 했다. 그러나 그들도 산남의진 군사력으로는 장거리 전투가 어렵다는 판단을 하고 있었다. 토론이 길어지면서 자연스럽게 최세윤이 발표한 작전 계획에 따르기로 하였다. 산남을 먼저 확보한 뒤에 지역을 넓혀 가자는 데 생각을 모았다.

"생각을 모아 주셔서 고맙습니다. 함께, 한 목표를 향해 나아갑시다."

두 주먹을 불끈 쥔 최세윤 얼굴도 불그레해졌다. 곧이어 본부 부서 및 각 지역 의진 책임자인 유격장을 선정하였다. 그야말로 산남의진 사 차 거의 조직이자 최세윤 의진의 새로운 참모진 구성이었다.

대장 최세윤, 중군장 권대진, 참모장 정래의, 소모장 박완식, 도총장 이종곤, 선봉장 백남신, 후봉장 최치환, 연습장 김성일, 좌영장 김성극, 우영장 홍구섭, 좌포장 최기보, 우포장 이규필, 장영집사 이규상, 군문집사 허서기였다. 이어서 각 활동 지역별로 분대 형식의 의진을 설치하고 유격장과 본거지를 정하였다. 경주, 울산, 흥해, 영일 지역은 본진이 담당하며 최세윤이 직접 지휘하기로 하였다. 본진도 다시 지역을 나누어 그 지역 출신에게 유격장을 맡겼다. 흥해 지역은 참모장인 정래의를 중심으로 조성목, 김창수, 청하 지역은 이규상, 오수희, 김찬묵, 김상규, 기계 지역은 도총장인 이종곤, 김태환, 김학이, 죽장 지역은 안수원, 임병호, 김순도, 영일과 장기 지역은 김인호, 박경화가 의진을 이끌었다.

영남을 열 개 지역으로 나누고 본거지와 책임자인 유격장을 정하였다. 청송 동부 지역은 주왕산을 본거지로 서종락, 청송 서부 지역은 철령을 본거지로 남석구, 영천 북부 지역은 보현산을 본거지로 이세기, 영천 서부 지역은 팔공산을 본거지로 우재룡, 영천 남부 지역은 구룡산을 본거지로 하여 이형표를 유격장으로 삼았다. 신령 지역은 화산을 본거지로 조상환, 의성 지역은 춘산을 본거지로 박태종, 군위 지역은 효령을 본거지로 남승하, 청도와 경산 지역은 운문산을 본거지로 임중호, 경산 서부 지역은 주사산을 본거지로 하여 손진구를 유격장으로 임명하였다.

다들 새로운 조직과 역할이 낯선지 약간 술렁거리기도 했다. 최세윤은 그때까지 말없이 구석에 앉아 있는 정치익을 건너다 보았다. 정치익에게 말할 때가 되었다는 눈짓을 보냈다.

"자, 잠깐 자리에 앉아 주시오. 변화된 전략과 조직에 생각을 모아 주셔서 고맙습니다. 이에 따라 본진의 장영 도소를 어디에 둘 것인가에 대해 논의해 보고 싶습니다."

최세윤은 조심스럽게 말을 이어 갔다. 본거지를 옮긴다는 게 잘못 전달되면 정용기, 정환직 두 대장이 펼친 활동을 지운다는 오해를 불러올 수도 있었다. 특히 영천이나 죽장 출신 병사들 사기에 영향을 줄 수도 있었다.

"지금까지 본거지였던 북동대산과 영천 보현산은 이미 일본 군경에게 노출된 지 오래입니다. 전투 형태도 지구전을 통한 유격전으로 바뀌었습니다. 놈들 감시망에서 벗어나, 앞으로 새로운 전투를 수행할 새로운 본거지가 필요하다고 생각합니다. 그야말로 산남을 지키면서 병사 모집과 군자금 마련에도 적절한 곳이라야 합니다. 새로운 본거지가 될 만한 곳이 있으면 기탄없이 말씀해 주십시오."

참석자들은 별말이 없었다. 그제야 정치익이 나서며 조용히 생각을 말했다.

"장기와 경주 경계에 있는 남동대산은 일명 동대봉산이라고도 합니다. 그리 험준한 산세는 아니지만 깊은 골짜기가 많고 은신하기가 좋아 새로운 본거지로 적당한 곳이라 생각합니다. 더욱이 을미년 이듬해 창의한 장기의진이 가까이 있어 서로 연합하여 적과 싸울 수 있는 이점도 있습니다. 그곳을 새로운 본거지로 추천하고 싶습니다."

정치익은 지도를 펴 놓고 남동대산 산세와 다른 지역으로 드나들 수 있는 통로, 장기의진의 활동상 등을 상세히 설명했다. 한참 동안 설명을 듣던 참석자들은 모두 하나같이 고개를 끄덕였다. 최세윤도 솔직한 생각을 말했다.

"사실 저도 몇 차례 남동대산을 다녀왔습니다. 정치익 형님 말씀대로 비록 험준한 산은 아니지만 골짜기가 깊고 동해나 울산, 경주, 영천 방면으로 신속하게 이동할 수 있어서 새로운 본거지로 삼아도 좋겠다고 판단했습니다."

자유롭게 생각을 주고받을 수 있는 시간을 가졌다. 다른 의견은 나오지 않았다. 순조롭게 남동대산 일대를 새로운 본거지로 결정하고 장영을 옮겨 가기로 하였다. 본진이 남쪽으로 옮겨 가면서 그동안 확보해 두었던 보현산 일대와 죽장, 청하 지역은 본거지를 북동대산에 두고, 참모장인 정순기가 맡도록 했으며, 구한서가 보좌하도록 하였다.

각 지역별로 유격전을 벌여 나가기 위해서는 각 지역 책임자인 유격장 역할이 무엇보다 중요했다. 그래서 정순기, 이세기, 우재룡, 서종락 등, 본부 핵심 참모장들을 모두 지역 유격장에 임명했다. 최세윤은 본진이 맡은 경주, 울산, 흥해, 영일 지역의 유격장을 직접 맡았다.

"우리 전투 형태가 서울 진공 작전에서 유격전으로 바뀌면서 형산강 남쪽에 자리 잡은 일본 군경을 몰아낼 기회를 얻게 된 것입니다. 형산강 남쪽 지역은 큰 도회지인 경주, 울산과 맞닿아 있기에 일본군 병력이 많으며 그만큼 우리 백성이 당하는 어려움도 큰 지역입니다. 하루빨리 우리 백성들을 고통에서 벗어나게 해야 합니다."

본거지를 옮기는 일과 장기의진과의 연결을 맡은 인물이 정치익이었다. 장기 수성 마을 태생인 정치익은 정환직 대장과 친척일 뿐만 아니라 어릴 때 영천 자양에 있는 강호정에서 함께 공부하였다. 그래서 멀리 떨어져 살았지만 산남의진 활동을 적극적으로 돕고 있었다.

정치익은 같은 장기 출신인 장헌문이 1905년 을사늑약 체결 후 포고문을 내고 봉기하자 재산을 모두 털어 군자금으로 내놓았다. 또 장기의진과 전국 각 의진 사이에 연락을 취하는 밀사와 군자금 모집에 직접 나서는 등 핵심 역할을 했다. 그는 장기의진은 물론이지만 산남의진도 긴밀한 관계를 맺고 있었다. 정용기 대장 때는 우포장 및 지역 연락책을, 정환직 대장 때는 의병 모집과 각 의진 간 연락, 군수 물자 조달 등의 역할을 맡았다.

그는 최세윤보다 열여섯 살이나 많았다. 하지만 산남의진 결성 이후 흥해 지역을 중심으로 펼쳐진 여러 차례 전투를 보면서 최세윤이 갖고 있는 지략과 인품에 깊이 빠져들었다. 그래서 그는 일찍부터 최세윤을 대장감으로 생각하고 있었다. 최세윤 역시 낯선 지역인 남동대산을 새로운 본거지로 결정할 수 있었던 것은 정치익을 믿기 때문이었다.

정치익은 최세윤이 산남의진을 맡고 유격전으로 전략을 바꾼 것을 계기로 장기의진과 연합에 나섰다. 두 의진이 연합하여 적과 맞서면 동해안부터 지역을 확보해 나갈 수 있다는 판단에서 그 다리 역할에 적극적으로 나섰다.

장기의진을 이끌고 있는 장헌문 대장은 최세윤보다 세 살 아래로 장기 죽실 태생이었다. 장헌문은 주로 장기, 죽장, 흥해, 청하, 경주 등지에서 활약하고 있었다. 산남의진과 겹치는 지역도 많았다. 두 의진의 첫 합동 작전이 바로 2월에 있었던 장기 순사 주재소 기습 작전이었다. 정치익이 판단한 대로 엄청난 승리였다.

19. 남동대산 장영

본거지를 옮긴 최세윤은 산남의진 병사들이 지켜야 할 일
여섯 가지를 도소에 써 붙였다. 헛되이 목숨 상하는 일이 없도
록 다짐하면서 읽고 지키게 하였다.

1. 숙영할 때는 보초를 두 명 배치하고, 의심스러운 자가 접근하면
   신속히 숙사 앞 보초에게 통보한다. 각 숙사는 언제라도 출발할
   수 있게끔 준비한다. 일본군을 발견하면 마을 끝을 지키던 보초
   가 총성 한 발로 위험을 알린다. 그 보초는 재빨리 가까운 가옥이
   나 은신처에 몸을 숨겼다가 일본군 통과 뒤에 본대로 복귀한다.
2. 낮에 보초를 서는 자는 흰옷을 입고, 야간에는 검은 옷으로 바꾸
   어 입으며, 비가 올 때는 머리에 대자리를 쓴다.

3. 의병 수가 백 명 이상일지라도 일본군 병력이 열 명 이하일 경우에만 기습하며 꼭 승리를 쟁취한다.

4. 자정 이후부터 세 시 반까지는 일본군 야습이 빈번한 만큼 보초는 조는 일이 없도록 경계를 철저히 한다.

5. 일본군이 조선인으로 변장하여 접근하는 경우가 많은데 걷는 모습을 자세히 살피면 금방 구별이 되는 만큼 낯선 사람을 유심히 관찰한다.

6. 포로가 되어도 우리 의병에 대해서는 일절 자백해서는 안 되며, 만약 이를 위반할 시는 부모는 물론 그 친족을 모두 참하고, 가옥을 소각한다.

최세윤은 병사들 목숨을 지켜 주고 싶었다. 그래서 '일본 군경이 열 명일 경우 의병은 백 명 이상일 때만 공격'하라고 지시했다. 화약에 불이 붙어야 발사되는 화승총으로 일본군 소총, 기관총, 야포를 당해 낼 수가 없었다. 아울러 포로가 되었을 때 지켜야 할 부분은 몇 차례 지웠다가 마지막에 가서야 집어넣었다. 포로가 된 병사가 고통스러운 고문을 견뎌 낼 재간은 없었다. 이를 아는 최세윤은 그 식구를 들어 위협한다는 게 일본군과 다를 바 없다는 생각이었으나 연습장이 강력하게 주장하였다. 그래야 군기가 바로 설 수 있다며 끝까지 물러서지 않았다. 최세윤도 군기를 세워야 한다는 데는 동의하지 않을 수 없었다.

남동대산에 장영을 설치한 최세윤 대장과 각 지역 유격장은 조직을 재정비하여 지역 곳곳에서 일본 군경과 치열한 전투를 벌였다.

1908년 4월, 겨우내 얼었던 남동대산 계곡물이 풀리면서 봄 기운을 한껏 싣고 왔다. 최세윤은 주로 흥해, 청하, 영덕, 기계, 죽장, 영천 등에서 본진과 가까운 분대와 연합 작전을 펼치며 일본군 전력을 흩어 놓는 데 힘을 쏟았다. 지역별 전투에서는 특히 북동대산 정순기와 기계 이종곤이 맹활약을 펼쳤다. 익숙한 지형에 마을 백성들이 병사들 안전을 지켜 주는 바람에 희생도 가장 적었다. 최세윤은 자신이 계획하여 실행에 옮긴 유격 전술이 먹혀들어 매우 흡족했다.

산남의진 유격전에 당황한 일본군 사령부는 지역 수비대와 일선 부대에 공문을 보냈다.

흥해, 청하, 영천, 청송 지역은 최세윤이 직접 지휘하는 구역이다. 그 지역 부락민은 일본군 움직임을 주야 구별 없이 의진에 보고하며 서로 내통하고 있는 만큼 각별히 신경 쓸 것이며, 협조하지 않는 부락은 즉각 소각할 것!

이 공문이 전해지고 난 뒤로 최세윤에 대한 일본군 추격이 더욱 집요해졌으며 흥해에 있는 식구에 대한 감시도 한층 강화되었다.

4월 13일, 최세윤은 병사 사십 명으로 영천에서 가까운 북안 수성 마을에서 전투를 벌였다. 치열한 공방전 끝에 안타깝게도 초장인 윤재만과 병사 여덟 명이 전사하였다. 일본 정찰대에게 당한 것이었다. 큰 손실이었다. 전사자 시신을 보현산으로 옮기고 정순기에게 동수를 보내 병력 지원을 요청했다. 병사들 사기를 위해서라도 그냥 물러설 수는 없었다. 북동대산에 머물고 있던 정순기가 병사들을 데리고 달려왔다. 옛 본거지였던 영천에서 패배하였다는 게 믿기지 않는 모양이었다.

"어찌 된 일입니까?"

"전투 경험이 없는 어린 병사들이라……."

"미리 연락을 주셨으면 함께 싸웠을 텐데……."

정순기는 더 이상 말하지 않았다. 최세윤의 분한 마음을 자극하고 싶지 않은 모양이었다.

"달밭으로 갈 거요. 선봉을 맡아 주시오."

최세윤은 일본군이 다시 공격해 올 것으로 짐작하고 이미 다른 계획을 꾸미고 있었다. 병력 보강으로 전열을 가다듬은 의진은 영일 달밭을 지나 흥해로 들어갔다. 흥해에 주둔한 일본군을 칠 계획이었다. 일본군은 지난밤 수성 전투 지원에서 돌아온 뒤 미처 전투태세를 갖추지 못하고 있었다. 의진의 공격에 당황한 일본군은 흥해 분견소를 비우고 도망쳤다. 기어이 승리하고 사기는 올랐지만 계속된 전투로 병사들은 몹시 지쳐 있었다. 그들 대부분이 흥해 출신이라 가까운 곳에 식구가 살고 있었다. 그러나 지체할 수가 없었다. 최세윤은 그리움에 지친 병사들을 독려하며 비학산을 넘어갔다.

영남 곳곳에서 산남의진의 공격이 빈번하게 일어나자 일본군은 최세윤을 잡기 위해 지원 병력을 늘리는 한편 1908년 4월 14일 '특별 토벌대'라는 특수 부대를 만들었다. 특수 부대는 조선인 밀정을 선발하여 지역 곳곳에 심어 놓고 최세윤과 산남의진 정보 파악에 나섰다. 조선인 밀정과 순검, 순사로 임명된 이들은 산남의진 지역 부대의 움직임까지 일일이 일본군에 보고하였다. 일본군 특수 부대는 최세윤이 나타났다는 정보가 있으면 그 지역을 공격하여 가옥을 불태우고 백성들을 가혹하게 살상했다.

4월 17일 일본군 특수 부대는 기계 방면으로 출동하였다. 밀정 박재식이 최세윤이 있다는 정보를 주었기 때문이었다. 그곳에는 이세기가 이끄는 산남의진 지역 부대인 영천 북진이 신광에서 안강 옥산으로 이동 중이었다. 일본군은 최세윤을 잡기 위해 기계 봉계에 매복해 있었다. 이를 알지 못한 의진은 기습 공격을 받아 병사 스물일곱 명을 잃고 세 명이 붙잡히는 피해를 입었다. 일본군은 포로를 마을로 끌고 가서 백성들이 보는 앞에서 공개 살해하였다. 최세윤을 숨겨 주면 이처럼 된다는 것을 보여 준 것이었다.

최세윤은 남동대산 장영 도소에서 이세기 부대 소식을 들었다. 병사들이 희생된 게 참으로 가슴 아팠다. 지금까지의 전투 상황을 곰곰이 돌아보았다. 너무 성급했던 스스로를 반성했다. 전략을 바꾸고 두 달이 채 가기도 전에 삼십 회가 넘는 전투를 벌였다. 전과를 지나치게 의식하고 있는 자신을 발견하였다. 대장이 된 뒤에 조급하게 서둘렀다는 느낌이 들었다.

'내 모자람이 병사들 목숨을 잃게 했구나.'

가슴을 쳤다. 일본군 특수 부대의 움직임도 심상치 않았다. 전투 계획을 더욱 진중하게 결정해야겠다고 다짐하였다. 아울러 자신을 숨겨야겠다는 생각도 했다.

최세윤은 일본군의 추격을 멈추게 하고 싶었다. 그래서 지역별 유격전 강화를 지시하였다. 모든 작전에서 '최세윤'이라는 이름을 빼도록 했다. 종사인 동수가 바빠졌다. 본진 병사들도 대부분 지역 부대로 분산하였다. 그러나 마음먹은 대로 되지 않았다. 일본군 특수 부대는 집요하게 최세윤을 추격해 왔다.

남동대산 산속에도 신록이 제법 짙푸르게 변하고 있었다. 건너다보이는 토함산과 함월산 그리고 남동대산 골짜기에서 흘러온 계곡물이 대종천으로 흘러들었다. 참 곱고 고운 산천이었다. 산벚나무가 꽃을 피웠다. 최세윤은 퍼뜩 봄이 왔다는 사실을 깨달았다. 오랜만에 산길을 거닐어 보았다. 다른 세상에 온 것만 같았다.

'이런 고운 세상에서 백성들이 오순도순 살아갈 수 있으면 얼마나 좋을까.'

5월 8일 이른 새벽 무렵, 기림사 상류 계곡에 머물러 있던 최세윤에게 안타까운 소식이 전해졌다. 정치익이 놀란 가슴을 안고 달려와 장헌문 대장이 간밤에 일본군과 싸우다 총상을 입고 장기군 내남면 용동으로 피신했는데, 일본군이 장 대장과 의병 아홉 명을 찾아내 붙잡아 갔다고 했다.

눈앞이 캄캄해졌다. 장헌문 대장과 친분이 남달랐던 정치익은 몹시 당황하여 어찌할 바를 몰랐다. 최세윤은 정치익을 위로하며 조심스럽게 말을 꺼냈다.

"당분간 형님께서 장기의진을 이끌어 주셔야지요. 우리와 계속 협력하며 큰일을 할 수 있도록 많이 도와주세요."

"최 대장 말씀은 알겠습니다만, 이 원통함을 어떻게 갚아야 할지 도무지 눈앞이 아뜩할 뿐입니다."

"장 대장이 돌아올 방법이 없을까요?"

"염탐병에 의하면 경주 수비대로 압송된 장 대장이 비록 총상은 입었지만 다행히 생명에는 지장이 없는 것 같다고 합니다."

"그렇다면 탈출이나 석방 등 모든 방안을 강구해 봅시다. 할 수 있는 방법은 다 동원해야 합니다."

산남의진 지역 분대에서도 패전이라는 안타까운 소식이 이어졌다. 최세윤은 각 지역 분대에 다시 특별 지시를 내렸다. 당분간 군자금 모금, 적 동태 염탐 외에 일본 군경과 전투는 될 수 있으면 자제하도록 했다. 특히 특수 부대와의 전투는 피하게 했다. 그는 남동대산에 머물면서 장헌문 대장을 구출할 방법을 생각하며 상황을 살폈다.

5월 19일이었다. 동수가 당황한 얼굴로 들어왔다.

"무슨 일이냐?"

"고석사까지 왜놈들이……."

"이번엔 어느 부대라더냐?"

동수는 침을 한 번 삼켰다.

"포항 수비대라고 합니다."

"포항 수비대?"

영일 수비대, 흥해 수비대는 익숙했지만 아직 포항 수비대는 낯설게 들렸다. 포항으로 이주해 온 일본인을 보호하기 위하여 만들어진 특별 경찰인 만큼 지급된 무기와 훈련 정도가 뛰어났다. 동수가 당황하는 것도 바로 그 점 때문이었다. 최세윤은 병사들을 둘러보았다. 일찍 찾아온 무더위에 병사들은 그늘을 찾아 쉬고 있었다.

최세윤은 장령들을 모았다. 포항 수비대가 공격해 오는 것을 알리고, 각 부대별로 정해진 위치에 매복하라고 일렀다.

"본진에서 사격 신호를 주기 전까지는 기다려야 합니다."

최세윤은 매복이 끝난 것을 확인하고는 동수를 불렀다.

"동악산 길목에 배치된 보초들에게 다녀오너라. 절대 당황하지 말고 일본 경찰을 그냥 통과시키라고 해라. 그런 다음 충분한 거리를 두고 그들 뒤를 따라붙다가 본진에서 사격이 시작되면 뒤에서 함께 사격하라고 일러라. 너는 들키지 않게, 안전한 길로 돌아와야 한다. 조심, 조심!"

동수는 재빨리 산에서 내려갔다. 걸음도 빠르고 상황 판단도 빠른 아이였다. 최세윤은 동악산 산줄기가 잘 보이는 곳에 몸을 숨기고 어두워지기를 기다렸다. 아슴아슴 어둠살이 들

때 동수가 나타났다.

"분부대로 일렀습니다. 곧 왜놈 경찰의 앞머리가 보일 겁니다."

동수가 곁에 엎드리며 일본 경찰이 나타날 방향을 가리켰다. 동수 말대로 일본 경찰 선두가 어른거렸다. 어둠 속이라 정확하지는 않았지만 나무 사이로 희미한 움직임이 느껴졌다.

"오늘이 며칠이지?"

곁에 있던 이규필이 대답했다.

"스무날입니다. 달은 자정이 지나야 뜰 겁니다."

"그 전에 끝내야 하오. 오늘은 놈들이 물러가야 전투가 끝난다는 걸 병사들에게 단단히 이르시오."

최세윤은 일본 경찰이 사격권 안으로 다가올 때를 기다렸다. 점점 가까워지고 있었다. 크게 숨을 들이쉬면서 하늘을 올려다보았다. 별이 총총하였다.

화승에다 불을 붙였다. 파랗게 타들어 가던 화승총이 격발되었다. 고요하던 밤공기가 단박에 찢어졌다. 이어서 총이 불을 뿜었다. 물러설 수 없는 교전이었다. 의진이 유리한 위치에 매복한 덕분에 크게 밀리지는 않았다. 그러나 총이 일본 경찰과는 비교가 되지 않았다. 화약에 불을 붙이고 격발될 때까지 틈이 너무 길었다. 일본 경찰은 그 틈에 불빛을 조준하여 사격

하였다. 양총을 지역 분대에 많이 나누어 주느라 정작 본진에
는 신식 소총이 부족했다. 화승총으로 맞설 수밖에 없었다.

"한곳에 머물지 말고 한 걸음이라도 옮겨 가면서 사격하라."

사기를 북돋우느라 외쳐 대던 최세윤의 목소리가 잠기고 있
었다. 동악산 기슭에서 반달이 희미하게 떠올랐다. 사격 소리
도 잦아들었다.

"왜놈들이 빠져나가고 있습니다."

동수가 뛰어와서 속삭였다.

"그래, 무사했구나."

먼저 전사자와 부상병을 파악하게 했다. 부상자는 없었다.
그러나 전사자가 스무 명이나 되었다. 시신을 먼저 장영으로
옮기게 하고는 이규필을 불렀다.

"적들이 있던 곳으로 가 보시오. 적들의 형편도 알아보시고."

이규필이 날랜 병사 둘을 데리고 내려갔다. 최세윤은 병사
들을 장영이 있는 남동대산 기슭으로 이동시켰다. 큰 전투였
다. 적의 전력이 점점 강해지고 있음을 새삼 느꼈다.

뒤따라온 이규필이 총기 다섯 정을 들고 왔다. 총기를 버리
고 간 것으로 보아 혼쭐이 나서 쫓겨 간 게 분명했다.

"적의 시체가 스무 구가 넘은 걸 보면 대여섯 정도 살아 돌
아간 것 같습니다. 그런데 동악산에 세웠던 보초 둘이 보이지

않습니다. 불길한 생각입니다만 놈들에게 잡힌 것 같습니다."

"뭐라고!"

걱정하던 일이 일어난 것이었다. 병사들은 가혹한 고문을 떠올리며 몸서리를 쳤다.

"우리 위치가 노출될 텐데 대책을⋯⋯."

기계 출신 김태환 부장이 소리쳤다. 최세윤은 손을 들어 재빨리 말을 막았다. 먼저 술렁거리는 병사들 마음을 진정시켜 놓고 대책을 세울 생각이었다.

"오늘 우리는 힘껏 싸웠소. 모든 병사를 편히 쉬게 하시오. 뒷일은 내일 아침에 말하겠소."

병사들은 긴장이 풀어지면서 바로 잠에 곯아떨어졌다. 그러나 최세윤은 잠을 이룰 수가 없었다. 병사들 희생을 막기 위해서는 장영을 옮겨야 했다. 이동로를 생각했다. 운제산, 형산, 봉좌산, 운주산으로 길을 잡았다. 운주산에서 여름을 나면서 병사들에게 휴식을 주고 싶었다.

이튿날 전사자들의 장례를 치르고 떠날 준비를 하였다.

장영을 운주산으로 옮긴 뒤에도 지역 부대에서는 전투 소식과 전사자 숫자가 속속 전해졌다. 6월 4일 청송 진보 전투에서는 전사자가 여섯 명이었다. 6월 20일 청송 남쪽 전투에서는 열다섯 명이나 전사하였다. 나이 어린 병사들의 희생이 컸다. 경험이 부족한 그들에게 구식 총을 들게 한 게 잘못이었다. 6월 29일 영천 보현산 분대가 벌인 상천 전투에서는 다섯 명이 전사했다.

"다 내 잘못이야. 너희가 의진에 왔을 때 종사 일만 하라고 했건만…… 병력이 모자라는 탓에 너희가 총 들고 나가는 것을 말리지 못했구나."

최세윤은 아들을 잃은 것처럼 마음이 아팠다. 신식 소총 구입이 시급했다. 동수를 불러서 영천과 청송, 북동대산에 다녀오게 했다. 각 지역 분대에 나이 어린 병사들 희생을 줄이라는 특별 지시를 다시 내려보냈다.

7월이었다. 동수가 지역 분대로 지시문을 전달하고 돌아왔다. 그런데 혼자가 아니었다.

"아버지!"

생각지도 않았던 아들 산두가 장영 도소 앞에 엎드려 있었다. 산두가 울먹였다. 최세윤은 벌떡 일어나 대답도 하지 못한 채 아들을 바라보기만 했다.

"아버지!"

산두가 간신히 아버지를 부르고는 흐느꼈다. 최세윤도 산등성이 소나무 가지 끝을 보며 흐느낌을 진정시켰다.

아들 곁에 선 동수에게 물었다.

"어찌 된 일이냐?"

"예, 날이 어두워서 감곡 마을에 머물게 되었는데 그 마을 분이 형님을 소개해 주었습니다."

동수가 눈치를 보아 가며 그간에 있었던 이야기를 조곤조곤 들려주었다.

산두는 죽장 감곡 마을에서 군자금을 모금하고 있었다. 종사 동수도 날이 어두워지는 바람에 한티재를 넘지 못하고 감곡 마을에 머물게 되었다. 동수가 종사라는 것을 알고 있던 마을 노인이 둘을 마주 앉게 해 주었다. 산두는 동수를 보자마자 아버지 있는 곳을 알려 달라고 매달렸다. 대장이 있는 곳은 비밀이었다. 동수는 갈등했다. 그러나 안국사에서 자신을 기다리는 어머니를 떠올렸다. 그리움을 꾹꾹 누르며 기도하고 있을 어머니 생각에 동수는 가슴이 먹먹해졌다. 아버지를 그리워하는 그 마음을 차마 외면할 수 없었다.

"이리 가까이 오너라."

최세윤은 산두를 곁으로 불러서 손을 잡아 보았다.

산두는 그제야 어린아이처럼 소리 내어 울었다.

"그래, 그래."

다른 말은 하지도 못하고 아들 등을 쓰다듬고 또 쓰다듬었다.

"아버지께서 계신 곳을 알고는 차마 그냥 돌아갈 수가 없었습니다."

산두가 흐느끼는 사이에 동수가 재빨리 끼어들었다.

"대장님 계신 곳은 비밀이지만 형님 부탁을 차마……."

동수는 '차마'라는 말을 하고는 슬그머니 말꼬리를 흐렸다. 그러고는 도소 밖으로 나갔다.

산두도 유격전을 지휘하는 아버지 못지않게 운량관 역할에 온 힘을 다하며 산남의진을 돕고 있었다. 산두 나이 스물한 살이었다. 입암 전투에서 정용기 대장이 사망한 뒤 산남의진에 입진하여 아버지를 이어서 운량관으로 모군과 군자금 조달에 나서고 있었다.

최세윤을 쫓는 일본군 특수 부대가 조직되면서 흥해 주재소의 일본 경찰은 식구들을 꼼짝 못 하게 감시하였다. 그것은 그래도 참을 만했다. 아버지가 어디서, 어떻게 지내는지 소식이 끊어진 것은 견딜 수가 없었다.

"아버지, 저를 아버지 곁으로 불러 주세요."

산두는 마음을 진정한 뒤 아버지에게 부탁했다. 최세윤도 마음을 가라앉히고는 오히려 산두에게 부탁했다.

"산두야, 네 마음을 이 아비가 어찌 모르겠느냐. 하지만 너마저 집을 떠나고 나면 어머니와 동생들은 누가 돌보겠느냐. 내 미련한 부탁인 것은 안다마는 아비가 네 몫까지 싸울 테니 어머니와 동생들을 부탁한다."

하지만 산두도 단호했다.

"아버지, 용서해 주십시오. 저도 깊이 생각한 끝에 드리는 말씀입니다. 나라 없이는 식구를 지킬 수도 없습니다. 아버지 께서도 나라가 위기에 처했을 때 용기 있게 나아가서 싸우는 게 도리라고 하지 않으셨습니까. 왜놈들이 이 나라에서 물러 날 때까지 힘을 보태도록 기회를 주십시오."

최세윤은 아들이 하는 말을 반박할 수 없었다. 그렇다고 허락할 수도 없었다. 서로 주장이 팽팽하게 이어졌다. 최세윤은 산남의진 형편을 자세히 이야기해 주었다. 어린 병사들 희생이 이어지고 있는 까닭도 들려주었다. 그러므로 군자금과 병사 모집이 무엇보다 중요함을 들어서 설득했다. 산두에게 운량관 역할을 계속하면서 식구를 돌보도록 권했다.

산두는 아버지와 하룻밤을 지낸 뒤 이튿날 새벽 서둘러 길을 나섰다.

"동수야, 우리 형제 하자고 했지? 그래서 하는 말인데 부탁이 하나 있다."

"무슨 부탁? 무엇이든 말해. 형 부탁인데 내가 들어줘야지."

산두가 동수 손을 꼭 잡았다.

"아버지를 부탁한다. 나는 멀리 있고 너는 가까이 있잖아. 네 아버지라고 생각해 줘. 부탁이다."

산두는 그 말을 하고는 더 이상 말을 잇지 못했다. 설움이 북받쳤다.

"걱정하지 마. 약속 꼭 지킬게."

산두는 말없이 돌아서서 산에서 내려갔다. 동수가 인비 장까지 함께해 주었다. 최세윤은 도소 앞에서 그 모습을 말없이 바라보았다.

20. 기계 물밤 전투

최세윤은 청송 전투에 힘을 쏟았다. 청송 동진과 청송 서진은 합진과 분진을 거듭하면서 청송에 주둔한 일본 군경과 전투를 벌였다. 청송의에 있는 일본군만으로 버틸 수 없다고 생각한 청송 주재소는 경주 북지구대에 병력 지원을 요청하였다. 지원병이 도착하자 7월 11일 청송 진보에서 산남의진을 공격해 왔다. 미리 정보를 알아낸 최세윤은 영천 분대와 북동대산 정순기 부대를 비롯하여 가까운 지역 분대에 지원을 지시했다. 본진과 여러 지역 분대가 합진하여 일본 군경의 후방을 압박해 갔다. 전방과 후방, 두 곳에서 동시에 벌인 전투에서 일본 군경은 겁을 먹고 일찌감치 도망쳤다. 산남의진도 병사 스무 명이 희생되었다.

7월 13일이었다. 11일에 도망쳤던 청송 지역 일본 군경은 패배를 만회하려고 죽장으로 공격해 왔다. 경주 특수 부대도 지원 병력을 다시 보냈다고 했다. 최세윤은 승산 없는 전투를 피해 갈 생각이었다. 오히려 각 지역 분대를 돌려보내고 본진도 남동대산으로 이동할 준비를 했다. 작전 계획에 따라 정순기 부대는 성법령을 넘어 천령산 계곡을 따라 북동대산으로 가는 길을 택했다. 숲과 계곡을 따라가는 길이기에 지친 병사들이 이동하기 좋았다.

"먼 길 조심하시오. 일본군은 청송의 두 분대가 적당히 놀려 줄 거요. 정 부장은 이쪽 일은 걱정하지 말고 조심히 가시오."

정순기가 걸음을 멈추고 배웅 나온 최세윤을 물끄러미 바라보았다.

"최 대장을 잡겠다고 사방에 첩자들이 들끓어요. 경주에서 다시 온다는 일본군 특수 부대 전력이 만만치 않으니 조심하세요."

"관동으로 가는 길목을 잘 지켜 주시오. 언젠가는 가야 할 길이잖소. 본진도 다시 남동대산으로 옮길 참이오."

"책임을 다하겠습니다. 산남의진의 존망이 대장께 달려 있으니 어디로 가시든 조심, 조심하소."

서로 조심하라는 말을 반복했다. 정순기는 최세윤에게 하직 인사를 하고 운주산을 내려갔다. 최세윤도 정순기가 숲에 가려 보이지 않을 때까지 서 있었다. 최세윤도 정순기와 같은 마음이었다. 청송 지역 일본 군경은 물론이거니와 영일, 흥해, 포항에 주둔한 일본 군경이 산남의진을 협공해 오고 있었다. 경주 북지구를 담당하는 일본군은 조직을 보강하여 최세윤이 나타났다는 정보가 있으면 바로 출동하여 마을을 쑥대밭으로 만들었다.

최세윤은 혼자 피식 웃었다. 걱정은 걱정이고 싸움은 싸움대로 해야 한다는 생각이었다. 종사 동수를 불렀다.

"예, 대장님!"

동수에게 이동 준비를 지시하려다가 문득 소백산 분대 유격장이 하던 이야기가 떠올랐다. 장영을 남동대산으로 옮긴 뒤에 청송 분대와 소백산 분대는 연락이 제때 오지 않는다고 하였다. 거리가 멀어진 탓이었다.

불러 놓고 아무런 지시가 없자 동수가 슬쩍 불렀다.

"대장님."

"그래, 내가 생각 좀 하느라 그랬다. 아직 떠나지 않은 유격장이 얼마나 되지?"

"예, 그저께 전투를 치열하게 치른 뒤라서 병사들을 쉬게 하고 있습니다. 다들 내일쯤 떠나실 거라고 합니다."

"여기에 하루 더 머문다고? 한곳에 모여 있는 게 마음에 걸리는데……. 지금 도소로 다 모이라고 전해라."

"예, 그렇게 전하겠습니다."

최세윤은 부장과 유격장 회의를 소집했다.

"최근 들어 몇몇 지역 분대에서 연락이 잘 안 된다는 이야기가 있습니다. 우리가 하는 소규모 유격 작전이 잘 먹혀든 것은 각 지역 분대 사이에 즉각적인 연락과 협력이 있었기 때문입니다. 그런데 장영이 멀어지면서 연락이 제때 되지 않는 경우가 있나 봅니다. 이에 관하여 이야기를 나눠 주십시오."

유격전은 병력 수가 적고 총기가 열악한 산남의진이 할 수 있는 가장 효과적인 작전이었다. 그러나 일본 군경도 이를 알아차리고 의진을 찾아내서 빠르게 공격해 왔다. 가까운 분대와 연락하여 주재소, 분견소를 기습 공격해 왔던 의진으로서는 당황할 수밖에 없었다. 기습 공격이 아니라 쫓기는 처지에 놓인 꼴이었다.

영천 서진 우재룡이 나섰다.

"어디 어렵지 않은 일이 있겠소. 한곳에 오래 머물지 말고 계속 움직여야 합니다. 그러기 위해서는 분대도 병력이 많소. 우리는 일곱 명으로 '초'를 구성하고 있소. 초장을 중심으로 움직입시다. 더욱 은밀하게."

운문산 분대 임용상도 한마디 거들었다.

"맞소. 한곳에 머물면 바로 공격당하오. 마을마다 밀정이 있다고 보아야 할 것이오. 초와 초, 초와 분대, 분대와 본진을 이을 수 있는 종사를 늘립시다."

모두 고개를 끄덕였다. 최세윤은 의견이 모이는 것을 보면서 마무리를 지었다.

"여러 장령들 생각대로 할 것이오. 초별로 젊고 발이 빠른 종사를 두겠소. 소규모 작전이라도 종사를 통해 본진에 알려주시오. 모두 목숨 보전에 힘쓰시오."

"우리 목숨이 문제가 아니라 대장님 목숨을 잘 지켜야 하오. 산남의진의 존망이 달렸소."

청송 동진 서종락이 걱정스러운 얼굴로 말하였다.

"알겠소, 정순기 유격장도 그런 말을……."

"정순기 유격장뿐만 아니라 모두가 그렇게 생각하고 있소. 왜놈 특별 부대의 움직임이 심상치 않소."

"알겠소. 없는 듯, 죽은 듯 싸울 것이오. 그리고 다들 지금 바로 지역으로 떠나는 게 좋겠소. 우리가 모여 있는 게 왠지 좋지 않다는 생각이 듭니다. 요즘 나이 어린 병사들이 입진해 오는데 그들에게 총을 주지 말고 종사 일을 담당하게 하시오."

유격장들도 고개를 끄덕였다. 서둘러 지역 분대를 데리고 떠났다. 그들을 보내고 본진도 이동할 준비를 하는데 북동대산 정순기의 종사가 뛰어 들어왔다. 그는 숨을 헐떡이며 최세윤 앞에 엎어졌다.

"이 시간에 뭔 일이냐!"

최세윤이 놀라서 소리쳤다. 천령산을 넘어 북동대산에 다가 갈 시각이었다.

"일본군 특수 부대의 습격으로 다 죽게 되었습니다."

머리가 텅 빈 것처럼 아득해 왔다. 일본군 특수 부대가 정순 기 부대를 공격한 것이었다. 누군가 첩보를 제공한 모양이었 다. 최세윤은 본진 부장들을 긴급 소집하였다. 땀이 비 오듯 쏟아졌다. 위급함을 알리고 바로 지원에 나섰다. 최세윤은 본 진을 세 개 분대로 나누고 산에서 내려갔다. 아랫마을이 보이 자 앞서 달려가던 척후병이 손을 들어 대열을 중지시켰다. 모 두 바위나 나무둥치에 몸을 숨기며 앞을 노려보았다.

"처사님, 이리 나오시오."

노송 밑에 원학 스님이 버티고 서 있었다.

"아니, 스님! 무슨 일이세요?"

스님은 최세윤을 보자 성큼성큼 다가오며 소리를 내질렀다.

"다 죽일 작정이요?"

"무슨 말씀입니까?"

"지금 내려가면 우리 의병들 모두 벌집이 될 거요. 인비 장

에 변복한 왜놈 병사가 쫙 깔렸소. 처사님답지 않게 왜 이렇게
서두르시오."

최세윤은 그제야 정신이 번쩍 들었다.

"워낙 급한 소식이라서……."

"급할수록 돌아가라고 하지 않소."

"스님께서 보아 둔 길이라도 있습니까?"

"길이 어디 있겠소. 만들어야지. 장령들 다 모아 주소."

장령들이 모이자 스님은 지팡이로 바위를 두어 차례 내리쳤
다. 그러자 숲 이곳저곳에서 보부상들이 슬금슬금 나타났다.

최세윤의 눈이 휘둥그레졌다.

"이건 또 무슨 일입니까?"

"여러 소리 할 시간 없소. 빨리 옷을 바꿔 입게 하소."

병사들은 보부상들과 옷을 바꿔 입고 짐 보따리를 받아서
그 속에다 총을 감추었다. 그리고 짐을 등에 지고는 여유롭게
산에서 내려갔다.

"스님은 어떻게 하실 겁니까?"

"나도 따라 내려갈 거요. 인비 장을 지날 때까지만 뒤를 따
를 거요."

"그러고 나서는요?"

"안국사로 다시 갈 거요."

'안국사'라는 말에 동수가 흠칫하며 돌아보았다.

"네놈은 어미가 보고 싶은 게로구나."

동수는 아무 말도 하지 않고 스님 곁에서 묵묵히 걷기만 했다. 애써 눈물을 감추고 있었다.

"잘 계시느니라. 너와 저기 저 처사님의 안위를 비느라 하루가 짧으시다."

스님은 동수 등을 슬슬 쓰다듬었다. 동수는 끝내 울음을 참지 못하고 흐느꼈다. 스님은 잠깐 걸음을 멈추고 그의 어깨를 감쌌다.

"조금만 기다려 보자꾸나."

인비 장날, 장은 이미 파장이었다. 그러나 해는 서산 한 뼘 위에서 여전히 이글거리고 있었다. 병사들은 스님이 이끄는 길을 따라 보부상들 자리로 가서 지게를 받쳐 놓고 주변을 살폈다. 파장이라 어수선하여 눈치챈 사람이 없었다. 잠깐 머무는 흉내를 내다가 장을 가로질렀다. 아니나 다를까 조선인 순검이 최세윤을 막았다.

최세윤은 슬그머니 눈을 피하며 지게를 추슬렀다.

"장을 파하고 돌아가는 길이오."

"장꾼 같아 보이지 않는데?"

순검은 최세윤의 아래위를 훑어보고는 뒤따르는 병사들까

지 살폈다.

"장꾼을 두고 장꾼 같지 않다면 뭐라고 대답해야지요?"

"짐을 내려 봐. 아무래도……."

무슨 낌새를 느꼈는지 순검이 시비를 걸어왔다.

"짐이 무거워서 다시 지기가……."

최세윤은 바로 지게를 내리지 않고 잠깐 머뭇거렸다.

"내리라면 내릴 것이지 뭔 말이 많아."

순검이 고개를 갸웃거리자 한쪽에 서 있던 일본군 하나가 다가왔다. 모두 긴장하였다.

그때였다. 난데없이 아기가 울음을 터뜨렸다. 매미 소리만큼이나 강하게 장바닥을 울렸다. 모든 눈길이 우는 아기 쪽으로 쏠렸다. 한 여자가 우는 아기를 안고 달려와서는 최세윤에게 던지듯 안기고는 버럭버럭 소리를 질러 댔다.

"저 많은 짐 보따리를 두고 가면 나 혼자서 아기까지 데리고 어쩌란 말이오. 아기라도 받아 주소. 그래야 저 짐을 이고 갈 거 잖소. 아기까지 업고는 재를 못 넘어가요, 못 넘어가. 아이는 어디 어미 혼자 몫인 줄 아슈? 아비도 한번 안고 재를 넘어 보슈."

아기는 최세윤 품에서 자지러지게 울어 댔다. 지게를 내리지도 못하고 아기를 안은 채 어쩔 줄 몰라 했다. 장꾼들이 웅성대기 시작했다.

"이 더위에 저렇게 울어 대다가는 애가 더위 먹겠네."

"맞아. 우리 장꾼들이야 이 장, 저 장 다니며 장사한 죄밖에 없는데 왜 저런대."

원학 스님이 멀찍이 섰다가 점잖게 나섰다.

"어허, 보아하니 조선 사람 같은데 아기가 저렇게 우는데 저쪽 그늘로 가서 아기부터 달래게 해 주시오."

그러자 아기 엄마가 씩씩대며 나섰다.

"내버려 두소. 내가 저 순검 집을 아오. 우리 아기가 잘못되면 저 집에 가서 내가 확 죽을 거요."

당황한 순검이 일본 군인과 이야기를 주고받더니 모두 지나가게 하였다.

장에서 한참 멀어지고 난 뒤에 최세윤은 걸음을 멈추고 병사들을 쉬게 하였다. 온몸이 땀으로 범벅이 되어 있었다. 여인이 아무래도 낯선 얼굴이 아니었다. 바로 동수 엄마라는 게 그제야 생각났다. 아기는 어느새 품에서 잠들어 있었다. 우느라 지친 모양이었다.

스님과 장에 내려왔던 동수 엄마가 최세윤이 위험에 빠지자 장꾼 아기를 빼앗아 최세윤 품에 던지고 난리를 피운 것이었다. 아기가 무섭게 운 것도 갑작스레 엄마와 떨어졌기 때문이었다. 아기는 다시 제 엄마 품으로 돌아갔고, 동수도 보고 싶던 엄마 품에 안길 수 있었다.

"우리는 이쯤에서 헤어져야겠소. 부디 목숨 보전하시오."

스님과 동수 엄마가 먼저 일어섰다.

"스님, 감사합니다. 동수 어머님도……."

워낙 당황한 뒤라 고맙다는 말도 하지 못한 것을 그제야 알
았다.

최세윤과 병사들은 장꾼들과 섞여서 마을 쪽으로 내려갔
다. 일본군은 청송으로 지원을 가다가 최세윤이 움직인다는
첩보에 따라 정순기 부대를 공격한 것이었다. 정순기는 성법령
을 넘기 전에 병사들에게 든든히 한 끼를 먹이려고 물밤 마을
에서 식사 준비를 하고 있었다. 이때 일본군 특수 부대가 들이
닥친 것이었다. 뒤늦게 전투 준비를 하고 적과 맞섰지만 역부
족이었다.

최세윤이 물밤 마을에 도착했을 때도 간간이 총소리가 들렸
다. 전투가 거의 끝난 것으로 판단했다. 의병을 뒤쫓고 있는 게
분명했다. 병사를 시켜 한차례 사격을 하게 했다. 일본군에게
의진 도착을 알리면서 남은 의병들이 무사히 퇴각할 시간을
만들어 주었다.

최세윤은 의진을 세 개 부대로 다시 나누고 직접 부하 열 명

과 함께 마을 중앙으로 진격해 들어갔다. 나머지 두 개 부대는 선봉장 백남신과 후봉장 최치환이 각각 맡아 마을 오른쪽과 왼쪽에 매복하도록 했다. 얼마 후 백남신 쪽에서 총성이 울렸다. 의병을 뒤쫓다가 되돌아오는 일본군 두 명을 겨냥해 집중 사격을 퍼부었다. 둘 다 그 자리에서 쓰러졌다. 일본군이 총소리를 듣고 그쪽으로 몰려갔다.

드디어 치열한 전투가 벌어졌다. 본진과 최치환 부대도 백남신 부대를 지원했다. 한 시간 넘게 교전이 계속되었다. 기관총과 야포로 무장한 일본군은 물러설 기미를 보이지 않았다. 죽장까지 들어왔다는 청송 주둔 일본 경찰까지 나타날 것 같았다. 의병들 희생은 점점 늘어만 갔다. 급히 달려온 의진은 무기도 충분히 갖고 있지 않았다. 최세윤은 퇴각 명령을 내렸다. 미리 정해 둔 퇴각 지점으로 병사들을 이동시킨 뒤 일본군의 움직임을 지켜보았다.

다행히 어둠이 내리고 있었다. 사격이 멈추었다. 산골은 물을 끼얹은 듯 조용했다. 벌레 소리조차 들리지 않았다. 얼마나 지났을까. 일본군 쪽에서 두런거리는 소리가 들렸다. 뒷수습을 하는 모양이었다.

"어떻게 할까요?"

최치환이 다가와서 속삭였다.

"그대로 가만히!"

최세윤은 일본군이 철수하기를 기다렸다. 정순기가 이끄는 북동대산 분대 상황이 궁금했다.

의진이 사라졌다고 판단한 일본군은 물밤 마을에서 인비로 내려갔다. 그리고 다시 시간이 흐른 뒤 동수와 북동대산 종사를 마을로 내려보냈다. 또 시간이 흘러갔다. 숨어 있던 마을 사람들 소리가 간간이 들려왔다. 동수가 돌아왔다.

"왜놈들이 다 돌아갔어요. 마을 사람들에게 우리 병사들 시신을 모아 달라고 부탁하고 왔어요."

뒤이어 정순기가 종사를 앞세워 달려왔다. 얼굴이 하얗게 질려 있었다.

"살아 있었구려. 다행이오."

정순기는 가슴을 쳤다.

"죽고 싶습니다. 졸지에 당한 일이라 어떻게 해 볼 방법이…….
죄송합니다."

"어찌 정 부장 잘못이겠소. 내 탓이지. 나를 잡으려고 출동한 특수 부대 짓이오."

전사한 의병이 쉰다섯 명이나 되었다. 정순기의 북동대산 분대는 다섯 명만 간신히 살아남은 게 확인되었다. 그야말로 참패였다. 최세윤은 정순기를 다독거려서 먼저 출발시킨 다음 시신을 안국사로 옮겼다.

"오실 줄 알고 준비하고 있었소이다."

원학 스님이 불을 밝혀 두고 있었다.

"장례를 또 부탁드립니다."

"부상자는 어쩌고?"

"부상자도 치료를…, 차마 입이 떨어지지 않네요."

"알았소. 어서 가시오."

뒷일을 스님에게 맡기고 안국사를 떠났다.

최세윤은 서둘렀다. 일본군 특수 부대와 군경이 들이닥칠 것만 같았다. 지친 병사들 걸음이 자꾸만 느려졌다. 그럴수록 마음은 급해졌다. 새벽녘에야 형산강을 건너서 천북으로 들어갔다. 골짜기 숲에서 휴식을 취했다. 병사들은 그대로 쓰러져 잠이 들었다. 한번 잠이 든 병사들은 쉬이 일어나지 않았다. 정오가 훨씬 지나서야 한 사람씩 자리를 털고 일어났다.

"아니, 저기 저 연기는 뭐야?"

기지개를 켜던 한 병사가 소리쳤다. 우르르 몰려가서 먼 산 위로 치솟는 연기를 보았다. 곧이어 불길까지 치솟았다.

"저쯤이면 운주산일 것 같은데…, 이 여름에 산불은 아닐 테고."

'운주산'이라는 말에 최세윤은 온몸에 소름이 돋았다. 뭔가 좋지 않은 느낌이 스쳤다.

참모장을 불렀다.

"부대를 남동대산으로 이동시키시오."

"대장님은요?"

"나는 저곳에 가 봐야겠소."

총을 움켜쥐고 달렸다. 뒤에 동수가 따라붙었다.

"놓치지 말고 잘 따라오너라."

"예."

동수도 이상한 느낌이 든 모양이었다. 얼굴빛이 하얗게 질려 있었다.

"안국사는 괜찮겠지요? 어머니는 괜찮겠지요?"

"아무튼 가 보자."

형산강을 건너자 해가 기울고 있었다.

안국사는 시커먼 잿더미가 되어 있었다.

최세윤은 무릎이 꺾이면서 풀썩 주저앉고 말았다.

"다 내 탓이야."

최세윤을 쫓던 일본군 특수 부대는 최세윤을 찾지 못하자 가는 곳마다 백성들을 잔혹하게 괴롭혔다. 안국사는 스님과 부상 의병과 그들을 돕던 백성들을 품은 채 사라지고 말았다.

21. 잠적을 꾀하다

남동대산으로 돌아온 최세윤은 허탈감에 빠지고 말았다. 자신이 안개처럼 사라질 결심을 했다. 그것만이 의진과 죄 없는 백성들의 희생을 막을 수 있다고 판단했다.

장령들에게 강력한 명령을 내렸다. 모든 작전에서 최세윤이라는 이름을 쓰지 말고, 각 지역 분대 의진 이름도 유격장이나 지역 이름으로 부르게 했다. 본진 병사들도 고향 분대로 편성시켰다. 본진은 남동대산 주변 마을인 용동, 권이리, 내곡동, 야촌동 지역 병사들로 꾸렸다. 그들도 집에서 농사일을 하도록 하고 필요할 때만 은밀하게 모여서 작전을 펼쳤다.

일본군 특수 부대가 집요하게 의진을 뒤쫓았고, 의진은 그 공격을 피하느라 제대로 유격전을 펼 수도 없었다. 최세윤은 여름 내내 남동대산에 숨어서 때를 기다렸다. 그러던 중 1909년 9월 25일 영천 북진 유격장인 이세기가 일본군에 체포되었다는 소식을 들었다.

종사가 꼬박 하루 걸려서 달려왔다. 동수를 시켜 종사를 먹이고 쉬게 했다.

"어제 청송 도평에서 잡혔습니다."

이세기는 청송군 관군 포수 출신이었다. 정환직 의병장이 숨진 후 차기 의병장으로 이름이 오르내리던 그는 의협심이 강하고 배포가 큰 사람이었다. 거동사 모임에서도 최세윤이 이세기를 의병장으로 추대했지만 그는 한사코 사양하고는 오히려 최세윤을 밀었다.

그는 정용기 대장 때부터 산남의진 핵심 부장으로 각종 전투마다 용감하게 싸워 많은 공을 세웠다. 청하와 장기에서 일본군에 맞선 전투에서 큰 전과를 올리기도 했다. 그러나 본진과 합류하여 울산으로 가던 중 벌어진 일본군과의 격전에서 부하들을 잃고 크게 패하자 낙심하여 의진을 떠나기도 했다. 하지만 그는 언제나 의기에 넘쳤으며 무엇보다 부하들을 아꼈다.

일본 군경은 최세윤과 함께 이세기도 검거 대상으로 꼽고 있었다. 울산에서 패한 뒤 한동안 고향인 청송에서 숨어 지내던 그가 남동대산으로 최세윤을 찾아온 것은 지난 8월 초순이었다. 얼굴에는 피곤한 기색이 가득했다.

"최 대장, 고생이 많습니다. 이곳에 머물며 좀 쉬겠습니다. 몸도 추스르고……."

말끝을 흐리는 이세기에게 최세윤은 반갑게 손을 내밀며 말했다.

"잘 오셨소. 그러잖아도 의논할 것도 있고, 보고 싶던 참이었소. 아무 걱정 말고 당분간 이곳에서 함께 지내며 산남의진의 미래를 같이 의논합시다."

"고맙습니다. 최 대장 취임 이후 산남의진은 지금까지 온갖 고초를 겪으며 전국 어느 의진보다 용감하게 적과 맞서 싸웠다고 생각합니다. 하지만 몇몇 전투에서 너무 많은 희생을 치렀습니다. 당분간 상황을 지켜보며 투쟁 전략을 세우는 게 좋을 듯합니다."

이세기는 각 지역별 피해 등 여러 상황을 상세하게 알고 있었다. 숨어 있었다고 할 수 없을 정도였다. 그는 영천 북진 유격장이었지만 산남 각 지역의 형편을 모두 꿰고 있었다. 일본군 공세와 곳곳에서 눈을 번뜩이는 밀정, 친일파들이 산남의진의 발목을 조여 오고 있었다.

최세윤은 이세기와 남동대산 장영 도소에서 같이 지낼 수 있게 된 것을 참 다행으로 여겼다. 서로가 가진 생각을 나누며 앞으로 산남의진이 갈 길을 걱정한 시간이었다. 최세윤에게는 오랜만에 맛본 든든한 시간이었다.

"최 대장님 얼굴도 보았으니 이제 고향 돌아가서 제대로 살 길을 찾아볼까 합니다."

"그 말은 뭔 뜻이오?"

"말 그대로지요. 이 나라 백성답게 제대로 살아 보겠다는 거지요."

9월 20일, 남동대산에서 두 달 가까이 함께 지낸 이세기가 고향인 청송으로 떠났다. 껄껄껄 웃으며 당당하게 산에서 내려갔다.

'이세기가 체포되다니······.'

일본이 조선 통치를 목적으로 전국적인 인구 조사를 벌이자 이세기는 이를 가로막고 나섰다. 그러자 일본 헌병은 이세기를 체포하여 바로 살해하였다.

'백성답게 제대로 산다!'

최세윤은 가슴이 답답하고 머릿속이 어지러웠다. 한쪽 날개를 잃은 것만 같았다.

다시 해가 바뀌고 남동대산에도 여름이 찾아왔다.

1910년 초부터 남동대산 산남의진 본진은 물론 지역 분대도 병사들을 대부분 집으로 돌려보냈다. 군자금 조달이 막히면서 병사들을 먹이고 재울 힘이 없었다. 일본 군경과 이렇다 할 전투도 할 수 없었다. 하지만 일본 군경은 잔당 소탕이라는 이름으로 의진에 대한 감시와 탄압을 계속했다. 그런 가운데서도 최세윤은 모아 놓은 군자금을 동원하여 대구에서 신식 병기 구입에 나섰으나 사기를 당하는 수모를 겪었다.

최세윤은 농사꾼으로 변장하여 산골인 장기군 내남면 용동 골짜기에서 화전민과 섞여서 생활하고 있었다. 감시를 피하며 때를 기다리던 그 무렵 정치익이 찾아왔다. 1910년 8월 29일 늦은 오후였다.

"최 대장! 큰일 났소."

최세윤이 숨 고를 틈도 없이 정치익이 한탄 조로 말했다.

"나라가 완전히 망했습니다. 우리 조선이 결국 왜놈들 손에 완전히 넘어가고 말았소이다. 일본이 강제로 우리 조선을 삼켰단 말입니다."

그가 말한 내용은 매국노들이 대한제국의 통치권을 일본에 넘긴 이른바 국권 피탈 사건이었다. 8월 22일 내각 총리대신 이완용과 조선 통감 데라우치가 두 나라를 합병한다는 문서에 조인하였다.

"'한국 황제 폐하는 한국 정부에 관한 일체의 통치권을 완전하고도 영구히 일본국 황제 폐하에게 양여한다'고요? 완전하고도 영구히?"

최세윤은 정치익이 전해 주는 한일 합병 조약문을 듣고 서상에다 머리를 내리찧었다.

'왕은 도대체 무엇을 하는 사람인가. 무슨 생각으로 이런 짓을 하는가. 나라는 사유물이 아니며 한 치 땅도, 백성 그 누구도 왕이 가진 것이 아닐진대 누구 맘대로 나라를 주고받는다는 말인가.'

척암 김도화의 상소문이 떠올랐다. 하늘이 무너지는 것 같았다.

"결국 나라를 왜놈들 손에……."

정치익이 이를 으드득 갈았다.

"단군이 나라를 세운 후 수많은 침략을 견뎌 온 이 나라, 이 강토를 왜놈 손에 넘기다니! 산남의진과 수많은 의병이 나라를 지키기 위해 싸우다 총칼에 쓰러졌는데…, 누구 마음대로 나라를 넘긴단 말인가?"

최세윤 이마에서 붉은 피가 흘렀다.

일본 군경의 감시망과 밀정들 추적을 피해 남동대산에서 숨을 죽이며 그토록 기다리던 시기는 멀어지고 있었다.

"산남의진의 싸움이 헛된 것이었단 말인가."

정치익이 돌아가고 난 뒤, 종일 넋 나간 사람처럼 멍하니 하늘만 쳐다보고 있었다. 겨우 정신을 차린 최세윤은 각 지역 분대 유격장을 남동대산에 모이도록 했다. 그리고 각 지역 유격장 이십여 명이 모인 자리에서 말했다.

"여러분도 소식을 들었겠지만 일본이 우리나라를 강제로 취하고 말았습니다. 이제 우리는 나라 없는 백성이 되었습니다. 이 일을 어찌하면 좋겠습니까. 앞으로 우리 산남의진이 어떻게 해야 할지 말해 주시기 바랍니다."

중군장 권대진이 먼저 말을 꺼냈다.

"우리 산남의진은 지난 삼 년간 일본 군경과 수많은 전투를 치렀소. 의기로 뭉친 우리 의병들 희생은 어떻게 보상받아야 합니까. 임금도, 벼슬아치들도 자기 잇속만 챙겼지 백성들 생각은 조금도 하지 않은 게 드러났습니다. 저는 대장님 명에 따라 지난해 말 병사들을 집으로 돌려보냈습니다. 지금은 싸울수록 희생만 키우는 꼴입니다. 아까운 목숨만 잃는다, 이 말입니다. 엄밀히 말하면 이제 산남의진은 일본군과 싸워 이길 만한 전투력이 없습니다. 더 이상 희생해서는 안 된다고 생각합니다. 이제 백성이 임금을 버릴 차례입니다."

이어 선봉장인 백남신이 말을 받았다.

"저도 권대진 부장 생각과 같습니다. 사실상 더 이상의 전투는 힘든 상황입니다. 당분간 조용히 농사지으면서 후일을 기약하는 게 좋다고 생각합니다. 강제로 빼앗겼으니 조만간 울분을 참지 못하는 백성들이 전국적으로 봉기할 것입니다. 그때 함께 일어나서 적과 싸우도록 합시다."

갑론을박이 한동안 이어졌다. 몇몇은 나라가 망했는데 어떻게 농사를 지으며, 왜놈들 만행을 보고만 있을 수 있느냐며 화를 냈다. 하지만 대부분은 당분간 사태를 지켜보며 때를 기다리자는 쪽으로 이야기가 흘러갔다.

한동안 말없이 듣고만 있던 최세윤이 천천히 일어났다.

"이야기 잘 들었습니다. 혼자서라도 당장 을사오적들 집에 쳐들어가고 싶은 심정입니다. 하지만 이럴 때일수록 냉정해야 합니다. 지금 우리 전력으로는 일본 군경과 맞설 수 없습니다. 우리 쪽 희생만 커질 뿐입니다. 잠시 집으로 돌아가 지내면서 다시 뜻을 모으도록 합시다. 산남의진은 흩어지는 게 아닙니다. 십 보 전진을 위한 일 보 후퇴라는 생각으로 전령이 있을 때까지 몸 건강히 지내시기 바랍니다. 정용기, 정환직 두 대장처럼 끝까지 싸우다 죽지 못한 것이 부끄러울 뿐입니다."

최세윤이 침통한 얼굴로 말을 마치고 자리에 앉자 정순기가 위로했다.

"최 대장 말대로 우리는 흩어지는 게 아닙니다. 왜놈들이 이 땅에서 물러날 때까지 싸우다 죽기로 맹세하지 않았습니까. 최 대장도 그동안 산남의진을 이끌며 몸과 마음이 많이 지쳤을 것입니다. 얼마간 쉬면서 후일을 기다리도록 합시다. 여기 모인 모두 몸조심하길 바랍니다."

정순기의 말이 끝나자 참석자 모두 한동안 아무 말도 하지 못했다.

22. 두 아들을 잃다

다시 해가 바뀌어 1911년 늦여름이 지나고 있었다.

최세윤은 장기 용동 감골에서 동수와 함께 화전을 일구며 때를 기다리고 있었다. 용동은 기림사에서 남동쪽으로 얼마 떨어지지 않은 산골로, 장기로 넘어가는 감재가 있었다. 여차 하면 감재를 따라 장기, 오천, 경주로 피신할 수 있는 지형적 조건을 갖추고 있었다. 최세윤이 거처하고 있는 화전촌은 골 이 깊어 숨어 지내기 좋았다.

산남의진 활동은 지역 유격장 회합이 마지막이었다. 그 후에 도 각 지역별로 일본 군경과 부분적인 충돌은 있었지만 종전과 같은 전투다운 전투는 아니었다. 최세윤은 감골에서 채소밭을 일구거나 약초를 캐는 등 시골 촌부 행세를 하며 지냈다. 화전민들도 그가 산남의진 의병장인 줄은 전혀 눈치채지 못했다.

늦더위가 물러가고 새벽녘에는 다소 선선한 바람이 불어오는 9월 어느 날 새벽이었다. 통이 트려면 아직 한 시간은 족히 기다려야 했다. 최세윤은 자리에서 일어나 가부좌를 튼 채 묵상을 하고 있었다. 동수는 바지런하게 새벽같이 아침을 준비하고 있었다.

"아버지! 피하세요."

비명과 함께 총소리가 울렸다. 머리끝이 쭈뼛 솟았다. 자리를 박차고 밖으로 나갔다. 부엌문 앞에 동수가 쓰러져 있었다.

동수를 안아 일으켰다.

"애야, 동수야!"

"아버지……."

하고 싶던 말을 꺼내지도 못하고 동수는 머리를 떨어뜨렸다.

"네 이놈들!"

최세윤은 온몸을 부르르 떨며 둘러선 일본 경찰들에게 소리를 질렀다. 일본 경찰 십여 명이 최세윤 머리에 총구를 들이댔다. 곧이어 최세윤의 두 팔이 꺾이면서 땅바닥에 엎어졌다.

"폭도 수괴 최세윤을 체포한다."

그들은 최세윤에게 '폭도 수괴'라는 억지 죄명을 붙였다. 최세윤 나이 마흔다섯이었다. 포승줄에 묶인 그는 곧바로 장기를 거쳐 장승백이를 넘어갔다. 잡힌 것은 두렵지 않았다. 동수, 그 어린 것을 지켜 주지 못한 게 한스러웠다.

'그 어린 것이 나를 대신하여 죽다니…….'

최세윤은 죄책감으로 가슴이 무너져 내렸다.

형산강 나루에 도착하여 나룻배에 올랐다. 늦은 장마로 강물이 불어 있었다. 강물이 뱃전을 쳤다.

'강물은 흘러 뭇 생명을 기르는데 내가 흘려보낸 세월에는 귀한 목숨을 많이도 잃었구나.'

푸른 강물 위로 의진과 함께하다 희생된 수많은 의병의 얼굴이 어렸다. 원학 스님과 동수 어머니, 그리고 앳된 동수 얼굴이 다가왔다. 살아 있는 게 부끄러웠다.

'왜놈에게 모욕을 당하느니 차라리 목숨을 끊어 그리운 이들에게 가리다. 그게 의롭고 당당한 삶이다.'

최세윤은 포박된 채 강으로 뛰어들었다. 놀란 일본 경찰들이 뛰어들어 최세윤을 건져 냈다. 조선인 순사 하나가 씩씩거리며 주먹으로 최세윤을 치려고 했다. 최세윤은 두 눈을 부릅뜨고 그를 향해 호통쳤다.

"네 이놈! 나라가 도적들 손아귀에 들어갔는데 내가 무슨 낯으로 살 수 있겠느냐. 저리 비켜라. 부끄러운 줄도 모르고 주먹을 쥐고 있느냐?"

말 한 마디 한 마디에는 칼날 같은 서슬이 서려 있었다. 조선인 순사는 슬그머니 주먹을 내려놓았다.

강을 건너자 뱃사공이 끌려가는 최세윤 등 뒤에 대고 큰절을 올렸다. 나루에 모여 있던 사람들이 고개를 갸웃거렸다.

"왜 그러시오?"

"저분이 바로 소문으로 듣던 최세윤 대장이라네. 의기가 하늘을 찌른다는 말이 과연 헛말이 아니야. 왜놈에게 잡혀가시는데 내가 도와드릴 수 없다는 게 한스럽네."

"저분이 산남의진 최 대장이야? 아이쿠, 안타까워라. 저런 분은 다 잡혀가고, 매국노만 남은 이 나라는 과연 어떻게 될까. 참 답답하네."

최세윤은 비록 잡힌 몸이었지만 의병장으로서 체통을 잃지 않았다. 그런 당당한 모습에 일본 순사들은 최세윤을 함부로 대하지 못했다.

흥해 들판을 지나고 있었다. 들판 가득히 벼가 익어 가고 있었다. 노랗게 물든 들판이 참 눈부시게 아름다웠다. 식구들 얼굴이 떠올랐다. 미안한 생각뿐이었다.

'산두는 어떻게 되었을까?'

운주산에서 보았던 마지막 모습을 그려 보았다. 그런데 이상하게도 얼굴이 선명하게 떠오르지 않았다.

'미안하다, 산두야. 동수를 잃었다.'

눈물이 핑 돌았다. 가만히 눈을 감았다. 또 다른 생각이 꼬리를 물었다. 지나간 일들이 엊그제 일처럼 머리에 떠올랐다. 그렁그렁 눈물을 삼키며 시 한 수를 읊조렸다.

나라가 무너지고 집이 망한 지 여러 해 되었건만

아직 누더기 같은 목숨이 붙어 있다니

하늘 보기 부끄럽다.

대장부 스스로 돌아갈 곳을 알고 있다.

은나라 사람 백이숙제 제나라 전횡처럼

나도 그렇게 가리라.

청하 헌병 분대로 압송된 최세윤은 이튿날 대구 경찰 본부로 넘겨졌다. 그로부터 삼 개월 뒤인 1911년 11월 15일 대구 지방 재판소에서 '강도죄'로 징역 십 년 형을 선고받았다. 일본 검찰은 재판 형식에 따른답시고 한 달 뒤인 12월 12일 대구 공소원으로 이심 재판을 끌고 갔다. 그러나 최세윤은 이를 거부했다.

"내 나라를 위해서 거사했으나 일을 이루지 못한 것이 나의

죄다. 너희가 나서서 옳고 그름을 따질 일이 아니다. 다만 나라를 지키지 못한 나는 죽음이 마땅하니 빨리 죽여 다오."

그러나 일본 재판부는 그와 함께 거의했던 이세기, 김성일에게 교수형과 총살형을 내린 것과는 달리 최세윤에게는 강도 죄목으로 십 년 징역형을 내려 그에게 죽음보다 더한 모멸감을 안겨 주었다. 일본은 그를 곧바로 대구 형무소에 가두었다.

이듬해 아내가 두 번째 면회를 왔다. 아내는 창살 너머에서 울기만 했다. 최세윤은 미안한 마음에 고개를 들 수가 없었다. 한참을 흐느끼던 아내는 설움을 진정시킨 뒤 한숨 같은 소리로 말했다.

"산두 아버지, 내가 숨겨 왔는데 알 건 알아야 한다는 생각에……."

"뭔 일인데 그리 뜸을 들이오. 답답하니 퍼뜩 말해 보소."

아내는 또 말을 끊고는 처연한 눈빛으로 남편을 바라보았다. 최세윤이 다시 재촉하였다.

"뭔 일이오?"

"산두 아버지…, 산두가 저세상으로 갔소."

아내는 말을 잇지 못하고 엉엉 소리 내어 울기 시작했다.

최세윤은 쇠창살을 움켜쥐고는 소리를 질렀다.

"산두가 죽다니, 그 젊은 것이 왜 죽어?"

아내는 울면서 떠듬떠듬 말을 이어 갔다.

맏아들 산두가 옥중에서 숨졌다고 했다. 군자금 모은 일로 잡혀간 산두에게 아버지 있는 곳을 대라며 모진 고문이 이어졌다. 산두는 끝내 '폭도'라는 죄목으로 종신형을 받고 형무소에 갇히게 되었다. 그러던 중 고문 후유증으로 1912년 9월 9일에 숨을 거두고 말았다. 그의 나이 스물다섯이었다.

최세윤은 창살을 붙들고 산짐승처럼 울부짖었다. 가슴이 미어졌다. 두 아들을 가슴에 묻은 셈이었다.

"얼마나 힘들었을꼬, 이 아비가 원망스러웠을꼬."

아들 얼굴이 선명하게 떠오르지 않았던 이유를 그제야 알 것 같았다.

"여보! 비록 산두가 당신보다 먼저 세상을 떠났지만 결코 값없이 살지는 않았어요. 장한 맏이였어요. 부모보다 먼저 떠난 게 죄라면 죄지요. 하지만 산두는 의병장 아들답게 당당하게 갔어요. 그런 만큼 당신도 마음을 굳건히 하세요."

마음을 진정시킨 아내가 오히려 슬퍼하는 남편을 차분히 위로했다.

"그렇게 말하니 무어라 할 말이 없구려. 당신 보기가 부끄럽소. 앞으로는 면회 오지 마시오. 임자가 다니기에는 너무나 먼 길이오. 그리고 사식 넣는다고 없는 돈 쓰지 말고 생계에 보태시오. 지아비 잘못 만나 고생하는 임자에게 미안하고, 아이들에게 미안할 따름이오. 내 뜻을 알았으면 임자와 남은 아이 셋에게 신경 쓰시오."

"당치 않은 말씀입니다. 비록 품팔이로 옥바라지를 하지만 차가운 감옥살이에 어찌 비하겠습니까. 왜놈이 주는 끼니보다야 제가 드리는 밥이 떳떳하고 마음 편할 것입니다. 식구 걱정은 마시고 당신 몸이나 잘 돌보세요."

최세윤은 힘든 생활을 감당하면서 남편을 지키려는 아내를 물끄러미 바라보았다. 얼굴에는 몸 고생, 마음고생 흔적이 그대로 묻어 있었다.

최세윤은 아내가 돌아간 뒤에도 마치 정신 나간 사람처럼 멍하니 감방 벽만 쳐다보고 있었다. 자꾸만 어른거리는 아들의 얼굴을 떨쳐 버릴 수가 없었다. 수감자들이 식사를 권했지만 물만 가끔 마실 뿐 밥숟가락은 들지 않았다.

23. 별이 되다

일본은 최세윤을 회유하여 조선을 지배할 도구로 써먹고 싶었다. 흥해, 영일, 포항, 장기, 구룡포 지역에서는 의병장 최세윤을 모르는 사람이 없었다. 지역에서 백성을 회유할 수 있는 가장 적합한 인물이었다. 일본은 산남 지방의 조선인을 지배하기 위한 치밀한 계획을 세우고 최세윤에게 접근하였다. 그래서 형량까지 줄여 놓은 것이었다. 이미 형이 확정되어 형무소에 갇혀 있는데도 일본 검사는 거의 매일 그를 형무소 별실로 불러냈다.

"오늘은 좀 달리 생각해 보았소?"

"뭘 생각하란 말이오?"

검사는 최세윤에게 서류를 내밀었다. 늘 들고 왔던 그 종이였다.

"식구들과 오순도순 살고 싶지 않소? 재산도 넉넉하게 드리리다."

은근한 제안이었다.

"내가 왜 여기에 손도장을 찍는단 말이오."

실랑이는 반복되었다. 화를 내는 최세윤에게 검사가 다시 차분히 설득했다.

"최 공! 이제 조선은 일본과 한 나라가 되었어요. 의병 활동은 의미가 없다는 말이오. 그야말로 폭도에 불과할 뿐이오. 의진은 이제 흩어지고 없소이다. 이것은 당신이 앞으로 우리 일본국에 협조한다는 전향서요. 손도장을 찍고 빨리 나가서 식구들을 만나야 할 것 아니오. 내가 공의 능력과 인품이 아까워서 이러는 거요."

최세윤은 검사가 이어 가는 말이 끝나기도 전에 무섭게 쏘아붙였다.

"바다를 건너와 이웃 나라 왕비를 살해하고 국권을 빼앗은 천인공노할 왜놈들에게 협조하란 말이오? 나는 그럴 수 없소이다. 하루라도 빨리 죽는 게 소원이오."

그러고는 검사가 내놓은 종이쪽지를 쫙쫙 찢어 버렸다.

"최세윤! 아직 정신을 못 차렸군. 이만큼 달랬으면 알아들어야지. 당신같이 지독한 놈은 처음이야!"

검사는 문을 박차고 나가 버렸다.

대구 형무소는 더 이상 최세윤을 감당할 수 없다는 판단을 내렸다. 일본은 그를 서대문 형무소로 옮겼다. 서대문 형무소는 조선 통감부가 1908년 의병을 비롯한 항일 세력을 수용할 목적으로 만든 감옥이었다. 아내는 옥바라지를 위해 어린 자식을 데리고 아예 서대문 형무소 옆으로 이사하였다.

어느덧 형무소에 갇힌 지 오 년이 되어 갔다. 뜨거운 여름날이 계속되었다. 열기가 감방 안을 채워 숨쉬기조차 힘들었다. 아내가 막내아들을 데리고 면회를 왔다. 땀을 뻘뻘 흘리며 기다리던 아내가 최세윤을 보자 벌떡 일어났다.

"어디 아픈 데 있나요? 몸이 반쪽이에요."

최세윤은 빙긋 웃으며 고개를 가로저었다. 막내가 낯선 아버지 얼굴을 물끄러미 쳐다보았다.

"산룡이가 많이 컸구려. 나는 이곳에서 나갈 때까지 혼자 버틸 수 있으니 자주 면회 올 필요 없다고 했잖소. 당신과 아이들 몸이나 잘 챙기시오."

최세윤은 자식들을 부탁했다. 그러자 아내가 걱정스러운 얼굴로 말했다.

"요 며칠 사이에 헌병 보조원이 여러 차례 다녀갔어요. 그놈들 말이 전향서에 도장만 찍으면 감옥에서 바로 나온다고 하더 군요. 좋은 기회라고 권했어요. 그런데 제가 곰곰이 생각해 보 았어요. 그러면 안 되잖아요. 우리 걱정일랑 눈곱만큼도 하지 마세요. 놈들 꾐에 빠져 당신이 도장을 찍는 일이 생긴다면 먼 저 저세상으로 떠난 산두 마음도 편치 않을 겁니다. 저는 이미 각오한 지 오랩니다. 절대 약해지면 안 됩니다. 여기 우리 막내 보기에 부끄럽지 않은 아버지가 되어 주세요."

아내가 하는 말이 북소리처럼 가슴을 쳤다. 아내는 차돌처 럼 야물게 변해 있었다. 막내를 데려온 뜻을 그제야 깨달았다.

"내 한순간도 당신이 해 준 말을 놓치지 않으리다. 절대 약 해지지 않으리다. 부끄럽지 않은 아비가 되리다."

최세윤은 밤새 아내가 들려준 말을 되새겼다.

'그런데 맥없이 흘러가는 이 세월은 어떡해야 하지.'

그토록 소망하는 때가 쉽게 올 것 같지 않았다.

조선을 강제 병합한 일본은 날이 갈수록 조선 식민지 지배 를 치밀하게 진행했다. 조선 땅에서 진정한 모습을 지닌 백성 은 사라져 가고 있었다. 백성은 곧 하늘이 아니라 침략자들의 노예로 찌들어만 갔다.

'사는 게 죽는 것이고, 죽는 게 사는 것인가.'

그동안 갖은 고문과 협박, 회유를 견뎌 온 그였지만 쉽게 때가 올 것 같지 않다는 생각에 더 버틸 기운도 사라졌다.

"나라를 되찾을 수 없는데 숨 쉬고 있다는 게 참으로 치욕스럽구나. 왜놈이 주는 밥을 먹고 구차하게 하루하루를 살아가느니 산남의진 대장으로 떳떳하게 죽는 게 곧 사는 길이다."

결정을 내린 날부터 최세윤은 일본이 주는 물과 음식을 거부했다. 간수가 협박하고, 수감자들이 말렸으나 생각을 되돌리지 않았다.

식음을 전폐한 지 열흘이 되는 날, 독방 작은 창으로 누군가가 그를 내려다보고 있었다. 고개가 아플 만큼 올려다보아야 눈이 닿는 창이었다. 눈을 닦고 다시 보니 별이었다. 별이 내려와 있었다. 그립고 너무 그리워 가슴 저리던 얼굴이었다.

"아들아!"

희미하게만 보이던 산두가 너무나 선명하게 나타났다.

"내 아들, 산두야."

그 뒤로 별이 또 하나 나타났다.

"아, 그리운 아들 동수야. 미안하다, 미안하다, 내가 너희를 지키지 못했구나."

벽에 의지하여 간신히 몸을 일으켰다. 그들에게 한 걸음씩 다가갔다. 별빛이 얼굴을 감쌌다.

"대한제국……."

'대한제국'이라는 말이 어색했다. 처음부터 몸에 맞지 않는 옷 같았다.

'왕은 도대체 무엇 하는 사람인가. 왕은 백성 중에 세운 이름에 불과할진대 누구 맘대로 나라를 팔아넘긴단 말인가.'

별빛이 파르르 흔들렸다. 너무나 긴 밤이 지나가고 있었다.

"대한국 만세! 대한국 만세! 대한국 만세!"

그렇게 세 번을 애절하게 외쳤다. 그리고 아무 소리도, 움직임도 없었다.

1916년 8월 9일, 바람 한 점 들어오지 않는 뜨거운 형무소 감방에서 그는 숨을 거두었다. 의병장 최세윤의 나이 쉰이었다.

신분이라는 두껍고 높은 벽을 넘어 의병장이 되었던 그는 겸손한 백성이었다.

남겨진 이야기

　형무소의 일본인 간수들조차 최세윤이 보여 준 의로운 죽음에 숙연한 모습을 보였다고 서대문 형무소에 함께 있었던 사람들이 전했다.

　부인 윤 씨는 홀로 남편 시신을 수습한 뒤 꼬박 이레 동안 고향인 흥해로 운구하여 장사 지냈다.

　장례 날 캄캄한 구름과 함께 마을 사람들이 몰려와 울음바다를 이루었다.

　최세윤이 세상을 떠난 뒤,

　부인 윤 씨는 시름시름 앓다가 이듬해 7월 1일 숨을 거두었다.

　일본의 압제 속에서 두 딸은 행방이 묘연해졌으며,

　막내 산룡은 간신히 살아남았으나 철저한 무시와 외면 속에 언제 죽었는지조차 알려지지 않고 있다.

　의병장 최세윤은 1968년 항일 투쟁 공적으로 건국훈장 독립장을 받았으며, 1976년 10월 부인 윤영덕과 함께 동작동 국립묘지에 안장되었다.

　아들 최산두는 2017년 11월 17일에서야 건국훈장 애국장을 받았다.

농고 최세윤, 그는 버젓한 신분이나 재산을 가진 것도 아니었다. 나라로부터 특별한 은혜를 입지도 않았다. 그랬던 그가 어떻게 나라가 위기에 빠졌을 때 분연히 일어나서 사람들을 모을 수 있었으며, 그들과 함께 목숨을 걸 수 있었을까? 그는 타고난 무골 기질도 아니었고, 권력을 가지려는 야심도 없었다. 그는 시골에서 글을 익힌 한낱 평민에 불과하였다. 백성이라는 지극히 당연한 깨달음 하나가 그로 하여금 주인이 되려는 소망을 가지게 했으며, 백성 편에 서기를 주저하지 않게 하였다.

나라마다 나름대로 자랑거리를 갖고 있다. 나에게 우리나라 자랑거리를 들라면 가장 먼저 '시민 사회'를 꼽고 싶다. 어떤 사람은 짧은 기간 안에 우리가 시민 사회를 이루었다고 하지만 나는 그렇게 보지 않는다. 우리 역사를 들여다보면 '백성이 주인 되는 나라'를 세우려는 노력을 쉼 없이 펼쳐 왔음을 볼 수 있다. 심지어 이를 위하여 목숨을 바친 이들도 많았다. 최세윤 의병장도 그중 한 사람이었다. 그분들이 펼쳐 온 노력과 희생의 결과를 오늘 우리가 누리고 있는 것이다.

이 책에서는 아전에 불과했던 최세윤이 의병장으로서 목숨을 끊기까지 그가 가진 가치관과 행동이 어떻게 변화해 가는가를 살폈다. 그가 어떤 사건과 사람을 만나면서 어떻게 변화해 가는가를 따라가려고 하였다.

책이 나올 수 있도록 격려를 아끼지 않으신 최세윤의병장기념사업회장 박이득 님, 사무국장 최기출 님, 자료를 지원해 주신 임성남 님, 이순영 님께 감사를 드린다. 아울러《포항의 독립운동사》《농고실기》《산남창의》《산남의진유사》를 참고했음도 밝혀 둔다.

이 책을 이름도 남기지 못하고 쓰러져 가신 수많은 의병들에게 바친다. 그분들이 계셨기에 우리는 '백성이 주인 된 나라'에서 그 주인으로 살고 있는 것이다. 아직은 아쉽지만.

호미곶에서 김 일 광